光文社文庫

文庫書下ろし／長編時代小説

剣客船頭

稲葉　稔

光　文　社

この作品は光文社文庫のために書下ろされました。

『剣客船頭』

目次

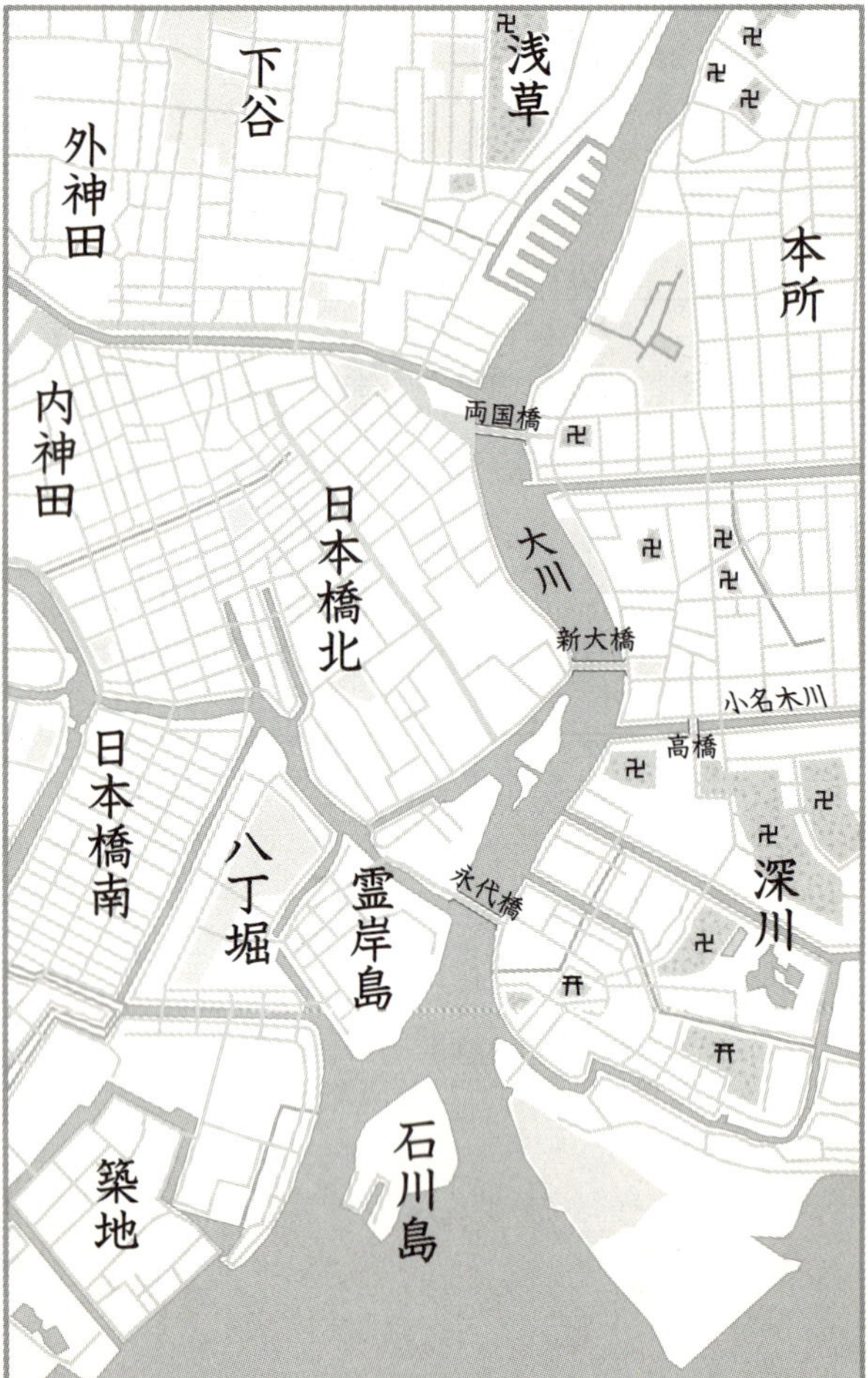
浅草
下谷
外神田
本所
両国橋
内神田
日本橋北
大川
新大橋
小名木川
高橋
日本橋南
八丁堀
霊岸島
永代橋
深川
石川島
築地

主な登場人物

沢村伝次郎　元南町奉行所同心。筒井南町奉行の抜擢で登用されたものの、津久間戒蔵の一件で奉行所を辞め嘉兵衛に弟子入りして船頭になった。

嘉兵衛　伝次郎に川や舟のことを教えた師匠。

筒井和泉守政憲　南町奉行所奉行。人柄の奉行と呼ばれる。

酒井彦九郎　南町奉行所定町廻り同心。かつての沢村伝次郎の同僚。

松田久蔵　南町奉行所同心。伝次郎の元同僚。

中村直吉郎　南町奉行所同心。伝次郎の元同僚。

千草　伝次郎が足しげく通っている深川元町の一膳飯屋「めしちぐさ」の女将。

◆　◆　◆

津久間戒蔵　三年前、世間を震撼させた辻斬り。伝次郎たちに追い詰められ大目付・松浦伊勢守の屋敷へ逃げ込み、追手を撒く。その後、伝次郎の妻と子供や家中の者を殺害して現在も逃げている。

伴蔵　蛇崩の伴蔵と呼ばれる盗賊の頭領。

村田小平太　伴蔵の仲間。剣術を幼少時から学んできた剣の達人。

剣客船頭

第一章　舟泥棒

一

柳橋《やなぎばし》を出た猪牙舟《ちょきぶね》は、ゆっくり大川《おおかわ》を上っていた。

ぎっ、ぎっと櫓《ろ》が軋《きし》みをあげるたびに、舳先《へさき》が鈍重そうに波をかきわけてゆく。

船頭は手拭いを深くかぶり、流れに負けまいと櫓を漕ぎつづけている。

膝切りの紺絣《こんがすり》を高く端折《はしょ》り、船頭半纏《ばんてん》を着込んでいた。下は股引《ももひき》に脚絆《きゃはん》、足半《あしなか》と呼ばれる草履《ぞうり》だ。足袋《たび》は舟を出す前に穿き替えたので、乾いている。

職人結びにしたすり切れ帯には、煙草《たばこ》入れを差していた。

船頭は二人の浪人客を乗せていた。浪人といっても痩せ浪人で、どうにも目つきがよくないし、言葉つきもぞんざいだ。声をかけてきたときも、人を値踏みするような目つきだったので、船頭はあまりいい心持ちをしなかった。

だが、客である。断ることはできない。舟は御米蔵《おこめぐら》にある首尾《しゅび》の松をすぎたところだった。松は暗い夜闇に象《かたど》られている。

東の低いところに太りはじめた月が浮かんでいた。他の空には、ばらまかれた水晶のような星たちがまたたいている。

「……わかってるだろうな」

それまで二人の浪人は黙っていたが、右に座っている浪人が、ぽつりとそんなことをいった。顎《あご》の尖《とが》った男だ。

「いまさら迷うことはなかろう。ぬかりなくやるまでだ。それより、おまえはそそつかしいから、決して慌《あわ》てるな」

左に座っている浪人は、たしなめるようなことをいって煙草入れを取りだしたが、火をつけようとはしなかった。剃刀《かみそり》のような細い目で、ちらりと船頭を振り返り、すぐに顔を舳先のほうに戻した。

「一仕事したらうまい酒を飲もう」

「安物ではなく、下《くだ》り酒《ざけ》だ。それに、たまにはいい女とも……」

剃刀はそういって、ふふっと不気味な笑いを漏らした。

船頭はたわいない話をする浪人の話を聞くともなしに聞いていた。腕は動かしつづけている。

ぎっ、ぎっ、ぎっ……。

櫓を漕ぐたびに、舟が水をかきわける音が重なる。

船頭は深くほっかむりした手拭いのなかから男たちを盗み見ていた。舳先のほうに置いた舟提灯《ふなぢょうちん》の灯《あか》りが、うっすらと二人の男の顔を照らしていた。

「……桃の見ごろもそろそろすぎるな」

顎の尖った男が風流なことを口にした。

「つぎは桜だ。それより、秀八郎《ひではちろう》……」

剃刀目の男が、ちらりと船頭を振り返り、聞かれてはまずいというふうに声をひそめて、顎の尖った男に短く耳打ちをした。

「腹は決まっているのだろうな」

秀八郎は表情を厳しくして応じた。

「……何度も同じことを聞くんじゃないよ」

それきり二人の浪人は黙り込んだ。

この二人、なにやら奸策《かんさく》を練っている――。船頭にはそう思えた。

舟は岸寄りをどんどん上っていた。吾妻橋《あづまばし》の下をくぐり花川戸河岸《はなかわどかし》を左手に見て進む。川沿いの店の灯りが、川面《かわも》に映り込んで揺れている。下ってくる舟がある。いずれも猪牙舟だった。

向島《むこうじま》のほうから出た舟が、川を横切るようにして今戸《いまど》のほうに向かっていた。これは竹屋《たけや》ノ渡し舟だった。

「どこにつけます？」

船頭は今戸橋が近づいたところで、二人の客に声をかけた。

「山谷堀《さんやぼり》に入って、先の橋の手前でいい」

答えたのは顎の尖ったほうだった。

先の橋というのは山谷堀に入った先にある新鳥越橋《しんとりごえばし》のことだ。船頭は今戸橋をくぐり、山谷堀に入った。ここからは櫓を使わずに、棹《さお》に持ちかえる。

櫓を櫓べそに結わえ、横たえていた棹を手にして、川底に突き立てる。ぐっと押すと、舟は勢いをつけてぐんと進む。

「そこでいい」

さっきの男が、そう指図した。

船頭は黙って舟を河岸場につけた。大きな柳のそばだ。すぐ上が新鳥越橋で、そばには吉原《よしわら》通いの客をあてこんだ居酒屋の灯りがあった。

「これで足りるかい？」

顎の尖った男が、ジャラジャラとばら銭を船頭にわたした。柳橋から山谷堀までおよそ三十町、舟賃は百五十文。

船頭は数えなかった。おおよその重さでわかる。二、三文の誤魔化《ごまか》しには目をつぶる。

「お気をつけて」

船頭は金を受け取ると、礼をいって頭を下げた。

「そっちだったな」

先に舟を降りた男が連れを振り返った。

「おお、そっちだ」

という男も、岸に上がった。

船頭はその二人を見送っていたが、しばらくすると舫《もやい》を柳の幹につないだ。それから櫓床《ろどこ》のそばに置いていた菰《こも》巻きをほどく。大刀が現れた。そのままひょいと舟板を蹴って河岸場にあがった。

二人の浪人は、吉原への通い道である日本堤《にほんづつみ》のほうへ向かっていた。

船頭はほっかむりをしていた手拭いを剝《は》ぎ取ると、首にたらして結んだ。眉間《みけん》の横皺《じわ》の下にはどっしりした鼻がある。ぐいっと吊りあがった眉に、鋭い眼光。いかにも強情そうな顔つきだ。

角之助と秀八郎という浪人は、土手八丁《どてはっちょう》と呼ばれる日本堤には足を向けず、土手の右側に沿うようにある今戸町の寂《さび》れた町屋に入った。

船頭はそのあとを追うように尾《つ》けた。

二

「そこだ」

宮田《みやた》秀八郎はそういって、顎をひと撫《な》でした。

生ぬるい風が首筋を舐《な》めてゆく。

「しけた店だが……」

中野《なかの》角之助が顔をしかめ、細い目をさらに細くする。その目には冷たい光があった。

「しかたなかろう」

秀八郎は足を進めた。行くのは町外れの小さな店だ。永年風雨に耐えた看板に「あぶら　春木屋《はるきや》」という字がくすんでいる。

店には細々と油を商っている年老いた夫婦者がいた。両隣も小さな商家だが、主人夫婦らは住居を別にしている。

店の前には山谷堀につながる堀川が流れている。その水面《みなも》に月の明かりがあった。

「さっさと終わらせてしまうんだ」

秀八郎は興奮を抑えていった。一度あたりを見まわす。人気《ひとけ》はない。稼ぎは少ないだろうが、しばらくは楽をして暮らせる。やるしかなかった。

「夜分にすまぬが頼む」

コンコンと戸をたたいて、秀八郎が声をかけた。

「油を少々分けてもらいたいのだ」

もう一度声をかけて耳をすますと、

「もう店は終わっているんですがね」

と、面倒くさそうな声が返ってきた。

「困っているのだ。頼む」

秀八郎がいかにも困窮《こんきゅう》した声を返すと、しばらくして戸がガタゴト音を立てて横に開いた。瞬間、秀八郎は主《あるじ》の襟《えり》をつかんで引きよせた。

「声を立てるんじゃやねえ」

秀八郎は脇差《わきざし》を、主の首に突きつけていた。年老いた主の目が恐怖におののく。

「あんた、誰だい？」

女房の声がした。

秀八郎が顎をしゃくると、角之助が心得たという顔で暗い土間を進んでいった。

そのあとを追うように、主に脇差を突きつけたまま秀八郎がしたがった。

店はうす暗く、居間のほうにだけ灯りがあった。

「はっ……」

しわくちゃの年寄り婆が、息を呑んで秀八郎たちを見、その顔に恐怖を張りつかせたが、すぐに逃げようとした。

「待て待て」

身軽に居間に跳びあがった角之助が女房の首根っこを押さえつけた。

「声を出すな。妙なことをしたら命はないと思え」

秀八郎は抑えた声で老夫婦を脅《おど》す。

「素直に金を出してもらおう。大金はなかろうが、小金をためているのはわかっている。どこにある？」

亭主はふるえるように首を動かす。女房は蒼白な顔で目をみはっていた。

「早く教えろ。金をもらったら去《い》ぬ」

「婆さん、いわねえか」

角之助が女房の首根っこをぐっと、膝頭で押さえつけた。

「た、助けてください。うちには金なんかありゃしません」

「嘘をつくんじゃねえ」

「ありません、ありません、誰か……」

女房の声は途中で切れた。角之助が息ができないように、後ろ首を押しつけたからだ。

「おい、爺さん、どこだ？」

秀八郎は亭主の首に刃《やいば》を押しつけた。皮膚が切れ、うっすらと血がにじんだ。

「盗人《ぬすっと》なんぞに渡す金なんかあるもんかい。殺したけりゃ殺すがいい」

亭主は度胸が据《す》わっているのか、そんな啖呵《たんか》を切った。このことに、秀八郎は怒りを覚えた。

「腹の据わったことをいいやがる。そうかい、そういうのだったら。ただの脅しじゃないってことを思い知らせてやろう」

秀八郎はさっと腕を横に引いた。皮膚が切れ、血が溢《あふ》れた。

「う、うっ……」

亭主は信じられないように目を剝《む》き、斬《き》られた喉《のど》を押さえた。指の間から血の滴《しずく》がしたたる。

「秀八郎、おまえ……」

角之助が細い目を見開いていた。

「どうせ生かしておくつもりはないんだ」

秀八郎が応じたとき、女房がギョッとなって畳を這《は》うように動いた。角之助が気を抜いたからだった。

「ひ、人殺し……」

女房は畳を足で蹴り、泳ぐように隣の間に逃げようとした。

「やれ」

秀八郎は角之助に命じた。

だが、角之助は一瞬躊躇《ためら》いを見せて、女房の片足をつかんだ。放して、助けてと女房が涙声を漏らした。角之助が刀を抜いて、片腕を振りあげた。

「やめろ」

それは突然の声だった。

秀八郎がギョッとなって、背後を見るとさっきの船頭が立っていた。

「おぬしは……さっきの……」

船頭は土間に倒れている亭主を見て、小さく首を振るとにらんできた。

「何をしにきやがった」

「許せぬ」

船頭は一言いうなり、足を踏み込むと、抜きざまの一刀で、秀八郎の腹を突いた。

ぶすりと剣先が腹に食い込んでいた。

「あ……」

秀八郎は口をあんぐり開け、目を見開いて船頭を見た。だが、そのとき船頭は居間にいる角之助をにらんでいた。どさりと、秀八郎が土間に倒れた。

「きさま、なんてことを……」

仲間を斬られた角之助は、顔面を紅潮させると、振りあげていた刀を船頭に向けて斬りかかっていった。

ガチン。

刀はあっさり横に払われた。角之助はすかさず身をひねって、船頭に撃ちかかろうとしたが、その前に懐《ふところ》に飛び込まれていた。喉に片肘《ひじ》をあてられ、そのまま背後の壁に押しつけられた。

「こんなことを……。許せぬ外道《げどう》……」

船頭はまなじりを吊り上げて、低い声を漏らし、角之助を火のように滾《たぎ》った眼《まなこ》でにらんだ。わずかな間があった。角之助は抗《あらが》おうとした。だが、できなかった。

「ぐぐっ……」

角之助の土手っ腹に、船頭が手にした刀の切っ先が埋め込まれたのだ。

「おかみ、無事であるか」

すっかり怯《おび》えきり、瘧《おこり》にかかったようにふるえている女房を見て、船頭は角之助を刺した刀を引き抜いた。

「う、うっ……」

角之助は体をよろけさせたが、それでも手にした刀で船頭に斬りかかろうとした。しかし、無駄なことだった。刀を振りあげようとした瞬間、逆袈裟《ぎやくげさ》に斬られたのだ。

ビュッと、迸《ほとばし》った血が、壁を染めた。角之助は膝からくずおれ、前のめりに倒れた。土間に生き物のように血が広がり、溜《た》まりが作られた。

半分泣き顔になっていた女房は、胸の前で合わせた両手をふるわせつづけていた。

三

南町奉行所《みなみまちぶぎょうしょ》の定町廻り《じょうまちまわ》同心《どうしん》・酒井彦九郎《さかいひこくろう》が、二人の小者《こもの》を連れて今戸町の自身番に入ったのは、翌日の昼近くだった。

彦九郎は大まかなことを自身番詰めの番人と書役《かきやく》から聞くと、その足で同町にある油屋・春木屋に入った。店には近隣のものや町名主の姿があり、殺された吉三《きちぞう》という主の死を悼《いた》んでいた。

「悪いがちょいと邪魔をするぜ」

彦九郎はずんぐりした体を店のなかに運び入れた。弔問客をひと眺めして、店のなかを見わたす。小さな店だ。土間の隅に油樽が並べられている。秤《はかり》があり、小さな器がある。

狭い帳場《ちょうば》の奥に座敷があり、そこに殺された主・吉三が寝かされていた。枕許にいる年老いた女が、吉三の女房・おまさだろう。

おまさは肩を落とし、泣き疲れた顔をしていた。

彦九郎は二人の賊が倒れていたという土間のあたりに目を注ぐ。暗い土間に血を吸った跡が、ありありと残っている。土壁には血痕《けっこん》がべっとり付着していた。

彦九郎は雪駄を脱ぐと、そのまま座敷にあがり、おまさの前に腰をおろした。おまさが惚《ほう》けたような顔を向けてきた。

「災難であったな」

彦九郎がいうのへ、こくりとうなずくおまさは、萎《しな》びた干し柿のような顔をしていた。

「話を聞かせてもらえるか」

おまさは、ぐすんと洟《はな》をすすって、どうぞといった。

「押し入ってきた賊は二人だけだったのだな」

「そうです」

「金は取られたのか?」

おまさはいいえといって、

「あの泥棒を殺した人がやってきたので無事でした」

と、いって、息をしていない亭主の頬をなでた。

「その男はどんなやつだった？」

「それがよく覚えていないんです。怖くて怖くていまにも殺されるんじゃないかと、ただそれだけで……。居間に行灯《あんどん》がひとつあるきりで、暗《くろ》うございましたし」

「賊の仲間ではないのだな」

おまさは、それはちがいますと、きっぱりといって首を振った。

「それじゃ誰なんだ。知っているものではなかったのか？」

「知り合いなら覚えてますし、すぐに帰ったりなどしないでしょうから」

「すぐ帰った……」

「はい」

「賊を殺してそのまま帰ったのか？」

「そうです、わたしに無事であるかと聞かれたような気がしますが、それだけでした」

「顔も覚えていないと……」

「はい。……でも、あの人は悪い人ではありません。あの人のおかげでわたしは命拾いできたのですから」

「おかみ、よいか。なんでもいいから思いだせることを教えてくれ」

彦九郎はおまさをまっすぐ見た。

それからとつとつとではあるが、おまさは賊が入ってきてからの経緯《いきさつ》を話していった。

彦九郎はその話を静かに聞いた。真剣な顔であるが、彦九郎はまあるい顔をしているので、相手に安心感を与える。細い眉に柔和《にゅうわ》な目をしている。もっともその目は、鋭い観察力と洞察力を有しているのだが。

おまさの話を聞くかぎり、二人の賊はどうやら下見をしていたようだ。おそらくここが入りやすい店だと踏んだからだろう。両隣も同じ商家だが、主夫婦は別に家を持っている。店の前は堀川で、夜ともなれば人気がない。

二人の賊の身許はわからずじまいであるが、彦九郎はおまさが口にした一言に眉をひそめた。

「賊を斬ったのは、船頭だったというのか？」

「いえ、職人のような身なりでしたからそんな気がしただけで……船頭でなく、大工か左官か……ひょっとすると指物師《さしものし》のような……とにかく職人だと思いました」

「名乗りもせずに二人を斬って、そのまま風のように去った。つまりはそういうことであるのだな」

「はい」

他に聞くことのなくなった彦九郎は、春木屋を出ると、そばの堀川の畔《ほとり》に立って、青葉を茂らせている泥柳《どろやなぎ》を眺めた。

(船頭……ひょっとして……)

胸の内でつぶやく彦九郎は、ある男の顔を脳裏に思い浮かべた。

「旦那、いかがされます」

彦九郎は小者の万蔵《まんぞう》の声で我に返った。

「賊は殺されている。おかみを救った男のことは気になるが、そやつを咎《とが》めることはできねえ。番屋で口書《くちがき》を作ろう」

口書を作るのに手間はかからなかった。押し入られた春木屋の主は、不運ではあったが、盗まれたものはなにもない。下手人が死んでいるので、探索の必要もない。口書を奉行所に提出すれば、それで一件落着となる。もっとも上役は、賊を殺した男のことを気にはするだろうが、あえて探索を命じることもないだろう。町奉行所はそんなに暇ではない。

今戸町の自身番を出た彦九郎は、のんびりした足取りで、見廻りを兼ねて南町奉行所に引き返した。その途中、神田佐久間《かんださくま》河岸で一艘の猪牙舟を見た。

（あれは……）

離れゆく猪牙を目で追った。

彦九郎は船頭を知っていた。艫《とも》に立つ船頭は、器用に棹を操り、船着場を離れたばかりだった。舟には商家の番頭ふうの男が乗っている。

「おまさは、船頭のようだったといったが、まさかやつでは……」

独り言のようにつぶやくと、

「へえ、どの船頭です？」

と、小者の粂吉《くめきち》が船着場に探る目を向けた。

「いま舟を出した船頭がいる。まさかと思うが……」

粂吉も万蔵も、彦九郎が見ている舟に気づいた。

「あれは……」

と、万蔵が驚いたような声を漏らした。そして、粂吉が、

「沢村《さわむら》の旦那では……」

と、言葉を継ぎ足した。

「……そうだ。やつだ」

彦九郎は去りゆく沢村伝次郎《でんじろう》の舟を見送った。

「話を聞かなくてよろしいんで……」

粂吉がいうのへ、

「御番所《ごばんしょ》に戻るのが先だ」

彦九郎はそういうと、羽織を翻して和泉橋《いずみばし》をわたった。

四

日が傾き、大川が朱色に染められた。

青々とした清流は日の加減で、いろんな顔を見せる。きらびやかに光り輝くときもあれば、どんよりした雲を映す鏡のようにもなるし、雨が降れば濁った黄土色に変色する。

この時期は雨が少ないせいで、川は澄んでいる。水のなかの魚影がはっきり見てとれる。

それに陽気がよくなるにつれ、水もぬるみ、川風も心地よくなってきた。

沢村伝次郎は向島に客を運んで帰路につくところだった。船頭には掟《おきて》がある。上りは岸沿いを進み、下りは川中だと。それが最低の約束事であった。

また、船頭は水の流れを読んで舟を操る。これを、澪《みお》を読むという。川には水脈がある。舟はより安全な場所を通るべきで、澪は深くて流れが穏やかだ。

伝次郎は川面の色を見て、どこが澪であるか、そうでないかわかるようになった。澪は他の部分に比べて青い。浅瀬で水のたまっている場所は濁っている。

船頭になる前には気にもしなかったことだ。棹や櫓のさばき方も、ただの客のときには気にも留めなかった。船頭のイロハから教えてくれたのは、年寄り船頭の嘉《か》兵衛《へえ》だった。伝次郎の師匠といえる。

伝次郎が大橋《おおはし》をくぐり抜けたとき、川が暗くなった。夕日が雲の向こうに隠れたのだ。しかし、新大橋を抜けると、また明るくなった。夕暮れの町屋が黄色く見えた。

万年橋《まんねんばし》をくぐって小名木川《おなぎがわ》に入る。幅二十間《けん》の水路は穏やかである。あちこちに帰り舟が見られる。河岸場の仕事は終わっていて、閑散としていた。

河岸道には家路を急ぐ職人や武士の姿がある。

伝次郎は高橋《たかばし》のたもとにある船着場に舟を止めて、雁木《がんぎ》の杭《くい》に舫綱をつないだ。棹をすうっとあげると、水に浸《つ》かっていた棹先から、つーっと水がしたたり落ちた。

菰包みを手にして岸にあがり、軽く腰と肩をたたいた。

「よお伝次郎さん、いまかい」

そばにある船宿・川政《かわまさ》の船頭が声をかけてきた。

「ああ」

伝次郎は短く応じて河岸道にあがった。

「陽気がよくなって楽になったたな」

「寒いのは苦手だからな」

伝次郎は自分の舟を振り返った。一杯やりに行かないかと誘われたが、

「いや、今日はよす。また今度誘ってくれ」

と、相手の気分を害さないように断ったが、伝次郎は木訥《ぼくとつ》である。

家は船着場からほどない深川常盤町《ふかがわときわちょう》一丁目惣右衛門店《そえもんだな》にある。裏店だ。腰高障子《こしだかしょうじ》には「船頭　伝次郎」と書かれている。

九尺二間の我が家に入った伝次郎は、水瓶《みずがめ》に柄杓《ひしゃく》を突っ込んで、水を飲んだ。喉仏が動き、ゴクゴクと音がする。

「ぷはっ」

一息ついて、居間の縁《へり》に腰をおろした。菰に包んだ刀を出して、畳に置き、船頭半纏を脱いだ。つづいて紺絣の袖から腕を抜き、上半身裸になる。厚い胸板、りゅうと瘤《こぶ》のある腕。背や腹や肩口に古い刀創《かたなきず》があった。

新しい手拭いで体を丹念に拭く。冬場でも船頭は力仕事だから汗をかく。湯屋に行けばよいが、それはあとだ。訪ねる家があった。

体を拭き終わった伝次郎は、着物を着なおし、雪駄に履き替えた。刀を行李《こうり》にしまう。

愛刀は井上真改《いのうえしんかい》、二尺三寸四分（約七〇・九センチ）だった。亡父の形見である。

そのまま家を出た伝次郎は、二間隣の長屋の路地に入った。顔なじみになったおかみや亭主たちが挨拶をしてくる。伝次郎は短く応じる。

めったに無駄口を利くことはない。

「嘉兵衛さん、伝次郎です」

一軒の戸口の前で声をかけると、すぐに入れと声が返ってきた。

戸を開け、敷居をまたいだ伝次郎は眉根を寄せた。嘉兵衛が酒を飲んでいたからだ。

「またやってるんですか……」

「そう怖い顔をするな。楽しみはもうねえんだ。今日はどうだった？」

「まずまずといったところです。酒はいけませんよ。たいがいにしないと……」

伝次郎は徳利を奪おうとしたが、嘉兵衛はさっと自分の背中に隠した。

「これがなけりゃ生きちゃいけねえんだ」

嘉兵衛は黄色く濁った小さい目で伝次郎を見つめる。

（また痩せたのではないか……）

伝次郎はそう思った。嘉兵衛は肺を患っている。医者から薬はもらっているが、効いている様子はないし、止められている酒も煙草もやめていない。逞《たくま》しかった腕は細くなり、筋肉で盛りあがっていた胸には肋《あばら》が浮いていた。

「命を縮めちまいますよ」

「いまさら長生きしようなどとは思っちゃいねえさ」

「飯は食ったんですか？」

「……適当に食った。おまえさんが心配することはねえ」

「そうはおっしゃいますが……」

伝次郎は台所を見たが、飯を炊いた気配はない。竈《かまど》に火の入った様子もない。

「ちゃんと食うもん食わなきゃ、体が弱るばかりだ。栄養をつけなきゃ治るもんも治らないと医者もいってるでしょう」

「よく、しゃべりやがる」

伝次郎は黙って湯を沸かした。嘉兵衛は酒を注《つ》ぎ足し、煙管《きせる》に火をつけたが、ゴホゴホと苦しそうに咳き込んだ。それでも咳がおさまると、煙管を吸いつける。

伝次郎は慈愛を込めた眼差《まなざ》しを送り、ため息をつくしかない。なにをいっても、嘉兵衛が聞かないことはわかっている。それでも体をいたわってほしかった。

「嘉兵衛さんはおれの師匠です。細かいことはいいませんから、自分の体のことを少しは考えてください」

伝次郎は居間にあがって腰を据えた。

「……いわれなくたって考えてるよ」

嘉兵衛は煙管の雁首《がんくび》を灰吹きに打ちつけ、ぐい呑みを手にする。

「おまえもやるか？」

湯呑みを差しだされた。伝次郎は数瞬の間を置いて、素直に手に取った。どぼどぼと酒が注がれる。付き合ってやるしかないと思う。

「船頭も楽な仕事じゃねえだろう。町方の仕事と比べてどうだい？」

伝次郎が町奉行所同心から船頭に転身したことを知っているのは、このあたりでは嘉兵衛しかいない。

「どうといわれても……」

伝次郎は酒に口をつけた。

「まあ、楽な仕事など世間にそうそうあるもんじゃない。だが、おれは嬉しいよ。立派な役人だったおまえさんが、おれの跡を継いでくれて……。浮き世とはおもしろいものだ。跡継ぎの倅《せがれ》が死んだと思えば、おまえさんのような男が来てくれる。世の中捨てたもんじゃねえ」

「なにか作りましょう」

伝次郎は台所に立って肴を作ることにした。嘉兵衛の口になにか入れさせたほうがよい。そうはいっても萎《しな》びた大根と、日持ちする牛蒡《ごぼう》ぐらいしかなかった。

さいわい貝の佃煮があったので、大根を千切りにして、佃煮に添えた。なにもないよりあったほうがよい。伝次郎はあとで、飯を炊いてみそ汁を作ってやろうと思った。

嘉兵衛はいつになく饒舌《じょうぜつ》だった。伝次郎は聞き役である。

「女房よりおれのほうが早いと思っていたんだが、神様仏様はひどいことをしなさる。おれを置いてけぼりにして先に逝《い》かしちまうとはな。うるせえ婆だったが、急にいなくなると、不自由するもんだ」

そんなことをいいながら嘉兵衛は、ちびちびと酒を飲む。

嘉兵衛の跡を継ぐはずだった倅は、大水が出た大川に人を助けるために出て、水に呑まれて死んでいた。二十二歳だった。ひとり息子だったので、そのときの悲しみは相当深かったはずだ。

女房のお貞《さだ》は風邪をこじらせ三年前に死んでいた。伝次郎が嘉兵衛の弟子になったのはそのあとだった。

「おまえさんも女房に死なれたといったが、連れ合いを見つけたほうがいい。女手がありゃ、なにかと楽だ。後添《のちぞ》いをもらう気はねえのか」

「それは……考えてもみないことで……」

伝次郎は舐めるように酒を飲んだ。

「もったいねえ。もうおまえは立派な船頭だ。女のひとりや二人こさえたって、誰も文句いうもんはいねえ。まあ、女は口うるせえのが玉に瑕《きず》だが、いるといないんじゃ大ちがいだ。ごふぉ、ごふぉ……」

嘉兵衛が妙な咳をしだして、背中を丸めた。

「……大丈夫ですか？」

伝次郎は慌てて、嘉兵衛の背中をさすってやった。それでも嘉兵衛は苦しそうに咳を繰り返した。しばらくしておさまったが、そのとき嘉兵衛の顔色は悪くなっていた。口を塞《ふさ》いでいた手には血がべっとりついてもいた。

「嘉兵衛さん……」

「心配するな」

嘉兵衛は伝次郎をうるさそうに払った。

「明日、医者に行きましょう。おれがついてゆきます」

「いらぬことだ」

強がりをいった嘉兵衛だったが、そのまま倒れるように横になった。

五

「おい、伝次郎。起きろ！」

そんな声がして激しく戸がたたかれた。

「誰だい？」

夜具を払った伝次郎は表に声を返した。

「川政の与市《よいち》だ。大変なんだ。聞きてぇことがある」

伝次郎が戸を開けてやると、顔を紅潮させた与市の顔があった。

「どうしたんです？」

「舟が盗まれた。それも三艘《そう》もだ。おまえ、心あたりねえか？」

「心あたりって、ありませんが三艘も……」

「そうだ。誰かが盗んで行きやがったんだ。他の船頭たちはあちこち走りまわって探しているが、まだ見つからねえんだ。わりいが手を貸してくれねえか」

伝次郎は外を見た。まだ日の出前で、外は暗かった。

「わかりやした、すぐに行きやしょう」

「頼む」

伝次郎はいつもの船頭の身なりに着替えると、急いで高橋のそばに駆けていった。まず自分の舟が無事であるのをたしかめて、川政の連中から話を聞いた。

「盗まれたのは夜中だ。佐吉《さきち》の野郎は昨夜遅くに舟を見ている」

というのはさっき伝次郎を呼びに来た与市《よいち》だった。齢《よわい》五十の船頭頭《がしら》だった。不機嫌そうな顔をしているが、冗談や洒落《しゃれ》が好きな男である。しかし、いまは慌てふためいていた。

「最後に見たのは何刻《なんどき》ごろです？」

「佐吉は九つ（午前零時）前だといっているから、そのあとだ。気づいたのは四半《しはん》刻《とき》ほど前だ」

佐吉というのは同じ川政の船頭である。

伝次郎は川霧が立ち昇っている小名木川を眺め、河岸場を見わたした。川政の舟には焼き印がある。見つければすぐにわかるし、自分の持ち舟なら遠目からでも船頭には見分けがつく。

「とにかく探しましょう」

伝次郎は川政の連中と手分けして舟を探した。盗まれた舟は川筋にあるはずだから、みんなは河岸道を走りまわるのではなく、舟を使って捜索にあたった。

伝次郎は小名木川から横川《よこかわ》を辿《たど》って深川に入り、三十間川《さんじっけんがわ》から仙台堀《せんだいぼり》、油堀《あぶらぼり》、十五間川《じゅうごけんがわ》と探したが見つからなかった。

朝日が昇り、霧が晴れてゆく。河岸道に人の姿が徐々に増えもする。

嘉兵衛のことが気になっていたが、伝次郎は舟探しに時間を費やした。他の者たちは本所《ほんじょ》のほうにも行っているし、中川《なかがわ》の船番所《ふなばんしょ》の近くまで探しているという。

だが、一刻半ほどで捜索は打ち切られた。盗まれた舟はともかく、船頭たちには仕事がある。当面、盗まれた三艘の舟の船頭が捜索をすることにし、他の者たちは仕事の合間に探すことになった。

もちろん、伝次郎も目を光らせるつもりだが、仕事の前に嘉兵衛を医者に連れて行かなければならなかった。

「舟が……」

川政の舟が盗まれたという話を聞いた嘉兵衛は、顔をしかめた。船頭にとって舟は生活の糧《かて》である。

「舟を盗むとはふてえ野郎だ。見つけたら八つ裂きだ。よし、おれも舟探しを手伝おう。どうせ暇な身だ」

憤って嘉兵衛はいうが、

「その前に医者に行きましょう。そっちが先です」

と、伝次郎は諭した。

「なにいってやがる。おれのことなんかどうだっていい、舟が先だ」

「嘉兵衛さん」

伝次郎は目を厳しくして嘉兵衛をにらんだ。いつの間にかずいぶん小さくなったと思わずにはいられなかった。それでも嘉兵衛は気丈な男だから、

「てめえ、おれに向かってどういう目をしやがる」

と、にらみ返してくる。

「まずは医者です。舟はおれも探しますから……」

「だったらてめえで行ってくらあ、おめえは舟を探しに行くんだ」

嘉兵衛はそういうが、首に縄をつけてでも医者に連れて行くのが先だった。

「気持ちはわかりますが、まずは自分の体を診《み》てもらうのが先です」

「診てもらったって、なにも変わりゃしねえさ。ううっ、ゴホゴホ……」

嘉兵衛は急に背中を波打たせて咳をした。

「駄々をこねないでください。行きましょう。舟はもう見つかってるかもしれないし」

咳のおさまった嘉兵衛は苦しそうな顔をあげて、口をぬぐった。咳をするだけで体力を消耗するのか、顔に疲れがにじんでいた。

「しゃあねえ」

嘉兵衛はようやく折れた。

医者は深川三間町《さんげんちょう》に住まう加藤祐仙《かとうゆうせん》という町医だった。昨夜喀血《かっけつ》したことを伝次郎が話すと、祐仙はため息をついて転地療法を勧めた。

「薬では頼りないのだ。景色のよいところで気分を変え、栄養を取って養生すれば治るかもしれぬ。悪いことはいわぬ。湯治場《とうじば》にでも遊びに行ってみたらどうだ」

「へえ、そうできりゃいいんですが、あいにくお足がないんで……」

医者の前では嘉兵衛はわりと素直だ。もっとも口先だけだというのは、伝次郎にはわかっている。

「遠くとはいわぬ。近場でもよいのだ」

「それじゃ小梅《こうめ》村の先で養生しましょう。いいところがあるんです」

「そうしたまえ」

嘉兵衛は祐仙が煎《せん》じてくれた薬をもらっただけだった。

「いったじゃねえか。医者なんかあてにならねえって……」

表に出るなり、嘉兵衛は伝次郎に文句をたれる。

「温泉場に行く気があるなら。おれが金はなんとかします。そのことは気にしないでください」

「おめえ……」

嘉兵衛は伝次郎をにらんだが、ふっとその表情が弱々しくなった。視線を外して、

「すまねえな。その気持ちだけでも、生きてる甲斐があるってもんだ」

と、照れたようにつぶやいた。

嘉兵衛を家に送り届けた伝次郎は、舟探しはしなくていい。そのことはおれたちにまかせておけ、見つかったら真っ先に知らせるといって、嘉兵衛に安静を勧めた。

最初は依怙地《いこじ》だった嘉兵衛も、また激しい咳に襲われると、苦しそうな顔をしながら、

「わかった。それじゃおとなしくしてよう」

と、いってくれた。

その日、盗まれた舟を見つけることはできなかった。しかし、翌朝、思いもよらぬところで発見されることになった。しかも、その舟には死体が乗っていたのである。

六

発見されたのは、盗まれた三艘のうちの一艘だった。

場所は住吉町《すみよしちょう》に面する竈《へっつい》河岸である。

自身番からの知らせを受けた南町奉行所の酒井彦九郎が、その河岸場にやってきたときは、すでに日が高く昇っていた。河岸通りにある商家はどこも暖簾《のれん》をあげ、普段どおりの営業をしているが、誰もがその朝見つかった死体の噂をしていた。

「この舟か……」

荷揚場に立つ彦九郎は、死体の乗っていた舟を眺めた。近くにも数艘の舟が舫《もや》われているが、それは小さな艀《はしけ》か荷舟であった。死体を乗せた舟は猪牙だ。

竈河岸は浜町堀《はまちょうぼり》から引き込まれた入り堀で、幅は二間四尺しかない。舟同士がすれ違うのに神経を使う狭さだ。

「舟の持ち主はわかっているのか?」

彦九郎は自身番の番人に訊ねた。

「それがわからないんでございます。それにこの河岸に猪牙が舫われるのはめったにないことですから、どこか別のところからやってきたんだと思います」

でっぷり肥えた小柄な番人は、首をかしげ腕を組む。

「粂吉、舟主を探せ。この辺にはいないとは思うが、念のため聞き込みをするんだ」

「へい」

返事をした小者の粂吉は浜町堀のほうへ歩いていった。

「万蔵、死体をあらためる」

彦九郎は万蔵をしたがえて、住吉町の自身番に向かった。

舟に乗っていた死体は、自身番の入口脇にある板囲いのなかに置かれていた。かけてある筵《むしろ》を剝ぐと、彦九郎はそばにしゃがんで、死人の顔を見た。

死体はぽかんと口を開け、うつろな目で虚空《こくう》を見ていた。地味な絣《かすり》の着物を着ているだけだ。侍ではない。おそらく町人だろうが、遊び人かもしれない。

腹に刺し傷があり、着物はべっとり血で染まっていた。

「腹をひと突きか……」

ふむ、とうなった彦九郎は、丸い顎をなでた。

「こいつの身許はわかっていないんだな」

さきほどの番人が、わからないという。町の住人に面通しさせたが、知っているものはいなかったと説明した。

「よそもんか……。だが、こいつは舟で殺されたんじゃねえ。殺されたあとで舟に投げ込まれたんだ」

舟で殺されたのであれば、舟に血だまりがなければならない。しかし、それはわずかでしかなかった。それに、血を吸った着物は乾きつつあった。

男が殺されたのは今朝ではなく、おそらく夜中だろうと、彦九郎は見当をつけた。

「ただの喧嘩かもしれねえが、舟が気になる。だが、その前に争う声やあやしいやつを見たものがいるかもしれねえ。万蔵、聞き込みだ」

彦九郎は万蔵といっしょに住吉町から、隣の難波町《なにわちょう》、高砂町《たかさごちょう》と聞き込みをしていった。

日はだんだんに高くなり、昼九つ（正午）の鐘が空をわたっていった。

喧嘩騒ぎや不審な男を見た者はいなかった。また、舟についても同様で、なにもわからなかった。だが、高砂町の茶店で一服しているとき、舟主を探しに行っていた粂吉が、走ってやってきた。

「旦那、舟の持ち主がわかりました」

「誰だ？」

「焼き印のことを話したら、深川高橋《たかばし》そばにある川政という船宿のものだといいます。浜町堀にいた船頭を捕まえて聞くとそういうんです」

「そいつはどこにいる？」

「竈河岸のさっきの舟んところです」

川政の舟だといった船頭は、河岸場に座って煙草を喫《の》んでいた。彦九郎が近づくと、雁首を膝に打ちつけて吸い殻を落とした。

「川政の舟だというのはたしかか？」

「間違いございません。それに、あの船宿の舟が昨夜、三艘盗まれたという騒ぎがあるんです」

彦九郎は眉宇《びう》をひそめた。

「三艘……それじゃこの舟はそのうちの一艘というわけか」

「おそらくそのはずです。他の船頭が使っている舟かもしれませんが……」

「おまえの名は？」

「へえ、あっしは柳橋にある川金《かわきん》の丹兵衛《にへえ》といいます」

「丹兵衛、川政まで乗せていってくれ」

「ようござんす」

早速、彦九郎は丹兵衛の舟に乗り込んだ。万蔵も粂吉も同乗する。

丹兵衛が棹を使って岸を押すと、舟はすうっと荷揚場を離れた。そのまま浜町堀にゆっくり向かう。

舳先に近いところに腰を据えた彦九郎は、周囲に目を配った。竈河岸の通りには、菓子屋、蕎麦《そば》屋、それに竈屋、油屋、紅屋などの商家の暖簾が目につく。

気になったのは対岸にある武家屋敷である。水野《みずの》壱岐守《いきのかみ》（上総《かずさ》鶴牧《つるまき》藩）下屋敷と、旗本の屋敷がある。

（まさか、町屋で起きたことではないのかもしれねえ）

ふっとそんな考えがよぎったが、町方は大名家や武家の事件に介入できない。とにかく川政で話を聞くのが先だった。

丹兵衛の操る猪牙舟は、浜町堀を出ると、大川を横切り万年橋の下をくぐった。川政のある高橋は、もう目と鼻の先だった。

七

その屋敷は深川石島町《いしじまちょう》にあった。土地はゆうに百坪はあるが、母屋《おもや》は三十坪ほどで、あとはあまり手入れをされていない庭であった。

まだ真昼だというのに、その家の雨戸は閉め切られていた。

当然、家のなかは暗い。そのために百目蠟燭《ひゃくめろうそく》がともされていた。

広座敷の上座にでんと座った伴蔵《ともぞう》は、肩に褞袍《どてら》を引っかけ、大丼になみなみと注がれた酒に口をつけたところだ。脇には大刀が一本置いてある。

伴蔵は上目黒蛇崩《かみめぐろじゃくずれ》の生まれで、元は鷹番《たかばん》の倅《せがれ》である。仲間内では蛇崩の伴蔵と呼ばれている。

丈夫そうな太い足には毛臑《けずね》がもじゃもじゃ生えていた。その片足を、ゆっくり前に投げ出すと、集まっている仲間を眺めた。七人いる。どれもこれも食えない面《つら》ばかりだ。

「そろそろ分けるか」

伴蔵がぼそりとつぶやくと、仲間の顔に喜色が刷《は》かれた。伴蔵は大きな目をギロリと光らせる。酒で湿《しめ》った分厚い唇を手の甲で拭うと、

「飢えた痩せ犬みてえな面しやがって。ふん、まいい。金を持ってこい」

若い手下が隣の間から、金の入った金箱を持ってきた。

「いくらあった？　勘定はすましたんだろうな」

「へえ。五百二十両ほどありました」

伴蔵はそういう手下を凝視した。

「てめえ、猫ばばしたんじゃねえだろうな」

「滅相もありません。そんなことは決して……」

「してねえというか」

遮っていうと、若い手下はぶるっと体をふるわせた。その顔に怯えが走る。

「研助《けんすけ》、おれの目を見るんだ。どこを見てやがる！　見ろといってんだ！」

雷のような声で怒鳴ると、研助の顔が紙のように白くなった。他の仲間も顔をこわばらせた。

研助が怯えた目を伴蔵に向けた。

「立て。立って、着物を脱ぐんだ。……早くしねえか！」

再びの怒鳴り声で、研助は恐る恐る立ちあがった。だが、帯をほどこうとはしない。

「脱げ……」

今度は冷たくいい放った。伴蔵は決して、研助から目をそらさない。

研助はゴクッと生つばを呑もうとしたが、うまくいかなかった。帯にかけた手がぶるぶるふるえている。

「お頭《かしら》、おれは猫ばばなんか……」

「いいから脱げってんだ！」

研助はゆっくり帯をほどいた。縦縞の着物がはだけると、襦袢《じゅばん》の紐《ひも》がほどかれた。

やがて、晒《さらし》の腹巻きと、下帯一枚になった。

「晒はどうした？」

研助は蒼白な顔をふるわせ、目をきょろきょろさせた。

「お頭、おれは……おれは……」

そのとき、伴蔵は脇に置いていた刀をさっと引き抜くと、投げ出していた足を引いて立てた。研助がよろけるように後ろにさがり、がばりとひざまずき、畳に額をすりつけた。

「すみません。その気はなかったんです」

「なにをいってやがるんだ。おれは腹巻きを取れといってるんだ。早く取らねえか。……そうかい、てめえじゃできねえっていうのか。世話の焼けるやつだ。おい峰次《みねじ》、研助の晒をほどけ」

命じられた峰次が立ちあがって、研助のそばに行き、強引に腹巻きをほどきにかかった。

「勘弁してください。勘弁してください。つい……」

研助が涙声でそこまでいったとき、チャリン、チャリンと十数枚の一分銀が畳に転がった。仲間たちが驚きに目を見開いた。

伴蔵はふっと息を吐くと、やるせなさそうに首を横に二度、三度振った。

「しようのねえやつだ。これだから若いやつは信用できねえ。研助、おめえ死にたくはねえだろう」

伴蔵は静かな声音《こわね》で、研助に話しかける。研助が半べその顔をあげる。

「若気《わかげ》の至りってやつだな」

「すいません。どうか勘弁を、ご勘弁を……」

「ああ、勘弁してやろうじゃねえか」

伴蔵はそういった途端、手にしていた刀を研助の胸に深々と突き刺した。

「あわっ……」

研助の目が信じられないように大きく見開かれ、金魚のように口をぱくぱくさせた。

「こうやって勘弁してやるってことだ」

伴蔵がさっと刀を引くと、研助の胸からどくどくと血が溢《あふ》れ、体がどさりと前に倒れた。

他の仲間は息を呑み、怖気《おぞけ》だった顔をしていた。

伴蔵はなに食わぬ顔で、刀を研助の着物でぬぐって座りなおした。

「こいつの死体はあとで裏の庭にでも埋めておけ。峰次、邪魔くせえから早くどかすんだ」

峰次が米搗《こめつ》き飛蝗《ばった》みたいに腰を折って、殺された研助の死体を引きずっていった。

みんなは、声もなく黙り込んでいた。

「いいか、仲間を裏切るとああいうことになる。よく覚えておけ。それじゃ金を分けよう。金は等分に分ける。おれが独り占めしたんじゃ申しわけねえからな」

「伴蔵さん、それじゃ困るんじゃありませんか」

いったのは村田小平太《むらたこへいた》という男だった。伴蔵はこの男だけは信用できると思っていた。刀の使い方もうまいし、度胸もあるし、機転も利く。

「あんたは下見をして、段取りもつけている。手間がかかった分、あんたが多く取るべきでしょう」

「嬉しいことをいってくれる。だがよ、それとこれは別だ。はたらきが悪かったやつが多く取り、そうでなかったやつが少ないということじゃ不公平だ。みんなで力を合わせたから金を手にすることができたんだ。そうじゃねえか」

伴蔵はにやりと笑う。ここで、仲間の心をつかんでおく必要があった。そのことがいまは大事だと伴蔵にはわかっていた。

「はたらきの悪かったやつは、つぎはその穴埋めをするはたらきをすりゃいいだけのことだ。さあ、分けるぜ」

研助がいなくなったので、分け前は七等分となった。伴蔵は一分銀を一枚ずつ、七つにわけ、順番に重ねていった。

「仲間内で欲をかいちゃならねえ。みんな仲良くおあいこに分ける」

手下は互いの顔を見合わせ、喜色を浮かべた。さっきの恐怖の色はすでに薄れていた。

手にした金は小判ではなく、すべてが一分銀であった。なかには封をした切り餅(二十五両)になっているのもあった。

チャリ、チャリッと金の音が静かな家のなかにひびいた。

やがて、みんなの取り分が揃った。ひとり七十四両。

「二両あまったが、これはおれの分でいいかい」

伴蔵はみんなの顔を眺めた。

「もちろんでございます」

「あたりまえのことですよ」

「研助がちょろまかした金もお頭が取ってください」

手下たちが同じようなことを口にした。

「そうかい、それじゃいただくぜ。悪いな」

こういう遠慮深い殊勝なところを見せるのも、計算のうちだった。案の定、みんなの目に信頼の色が浮かんだ。

「お頭はええや」

と、感心していうものがいる。

「こんな話のわかるお頭は他にはいねえぜ」

と、いうものもいる。

伴蔵は頬をゆるめて酒を口にすると、

「聞いてくれ」

といって言葉を継いだ。

「これは序の口だ。はじめのはじめと思ってくれ。今度はもっと稼ぎのいい仕事をやる。みんな手伝ってくれるな」

手下たちは互いの顔を見合わせた。その顔にはやる気が見られた。

「どうなんだい、手伝ってくれるだろうな」

再度聞くと、声があがった。

「おう、もちろんでございます」

「お頭にはどこまでもついていきます」

「なんでもやりますぜ」

大金を手にした仲間たちは機嫌がよかった。

(これでいい、これでいいんだ)

伴蔵も機嫌をよくして、内心でほくそ笑んだ。

第二章　船着場

一

「なるほど、あの舟にあった焼き印と同じだ」

川政の船着場を見てまわった酒井彦九郎は、竈河岸にあった舟が川政のものに間違いないと判断した。

「それで訊ねるが、舟を盗んだやつに心あたりはねえか」

彦九郎はいつものようにべらんめえ口調だ。これはめずらしいことではない。

町奉行所の同心、それも悪党を相手にする三廻り（定町廻り・臨時廻り・隠密廻り）同心のほとんどが、「てやんでえ、いい加減なことをぬかすんじゃねえ」「おれア、そういうことが大《でえ》ッ嫌《きれ》えなんだ」といった具合にしゃべる。そのほうが庶民と接しやすいということもある。ただし、誰もがそういうしゃべり方をするわけではないし、相手によってはきちんとした武士言葉も使いこなす。

「まったくないんでございます。盗人のことも気になりますが、まずは舟を取り返さなけりゃなりません」

川政の主・政五郎《まさごろう》は、困り果てた顔をしたが、なかなか貫禄のある男だ。

「舟がなきゃ商売上がったりってわけだ」

「まったくです」

「とにかく残りの二艘を見つけたら教えてくれ。また来ることにする」

「へえ、ご苦労さんでございます」

彦九郎はそのまま行こうとしたが、ふと足を止めて、政五郎を振り返った。

「この辺に伝次郎という船頭がいるだろう」

「ご存じで……」

政五郎は眉を動かして、彦九郎を見た。

「ちょっとした顔見知りだ。どうだい、やつのはたらきは……」

伝次郎のことは重々知っているがそう聞いた。

「うちで雇いたいんですが、伝次郎は嘉兵衛さんの愛弟子《まなでし》でして、船宿には勤めないんです。しかし、船頭になって三年ほどしかたっていないのに、もう一人前です。愛想《あいそ》がないのは玉に瑕ですが、年季の入った船頭も舌を巻くぐらいでしてね」

「腕がいいのか」

「そりゃもう誰もが認めるところです。船頭になるには櫓三月《みつき》、棹三年といいますが、あの男は一年とたたずに、なにもかも覚えこんじまいましたからね。嘉兵衛さんの教えがよかったんでしょうが、もともとその能があったんでしょう」

「嘉兵衛というのは？」

「この辺じゃ有名な船頭です。もう年を取って隠居の身ですが……なにか伝次郎に……」

「いや、なんでもない」

彦九郎はそのまま、政五郎に背を向けた。

河岸道に出ると小名木川を往き来する舟を見たが、伝次郎らしき船頭の姿はなかった。

「旦那、竈河岸に戻るんで……」

粂吉が声をかけてきた。

「うむ、聞き込みをかける」

そう応じた彦九郎だったが、歩きながら昔のことに思いを馳《は》せていた。


三年と少し前のことだった——。

江戸市中に辻斬りが横行し、世間を震撼《しんかん》させていた。下手人は老若男女、身分を問わず、辻斬りを繰り返し、金品を奪い取っていた。

町奉行所あげての必死の捜索で、下手人は津久間《つくま》戒蔵《かいぞう》という男だとわかった。

下手人につながる手掛かりを見つけたのは、伝次郎だった。戒蔵が高価な煙管と簪《かんざし》を質に流していたのを突き止めたのだ。町奉行所は捕り方を増やして、戒蔵の潜伏先に襲撃をかけたが、隙《すき》をついて逃げられた。

逃がしてはならじと追跡をしたのが、伝次郎と他三名の同心だった。そして戒蔵がある屋敷に逃げ込むと、伝次郎たちも屋敷に侵入して立ち回りを演じた。

じつはこれが問題になった。戒蔵が逃げ込んだのは、あろうことか大目付《おおめつけ》・松浦《まつうら》伊勢守忠《いせのかみただし》の下屋敷だったのである。しかし、逃げる者も必死ならば追う者も必死。まさか幕府の重職である大目付の屋敷だとは知らない。

伝次郎たちは戒蔵を取り押さえようとしたが、騒ぎを鎮めようとする屋敷詰めの侍たちを巻き込んだ。結果、戒蔵を取り逃がし、松浦伊勢守の家来四人が怪我をした。

伝次郎たちが大目付の屋敷だと知ったのは翌日のことだった。さらに、下手人の津久間戒蔵が、肥前唐津《ひぜんからつ》藩・小笠原佐渡守《おがさわらさどのかみ》の家来だとわかったから始末が悪かった。

もっとも小笠原佐渡守は、家来の不始末を深く陳謝し、藩内の規約でもって厳しく戒蔵を訴追すると約束した。

松浦伊勢守はうるさ型で、即刻、老中に注進すると同時に南町奉行・筒井和泉守《つついいずみのかみ》政憲《まさのり》にも、厳しい苦言を呈した。

極悪の下手人を捕縛するためとはいえ、旗本屋敷で立ち回りを演じるのは言語道断。然《しか》るべき手はずを整えての捕縛なら目もつむれようが、無謀な狼藉《ろうぜき》ともいえる乱入であった。

しかも負傷者を出している。

もとより武家地と寺社領は、町奉行所の支配外である。此度《こたび》の件を看過すれば、前例を作ることになり、町奉行所の権限をいたずらに増長させることになる。

口うるさい松浦伊勢守の叱責《しっせき》を受けた筒井和泉守は、深謝したが、口頭の謝罪ではけじめがつかないので、それなりの処断をするように要求された。

このことで南町奉行所——とくに戒蔵捕縛にあたり失敗した同心たちに動揺が走った。

そのとき、詰め腹を切ると申し出たのが、伝次郎だった。

「なぜ、おぬしだけそのことを申し出る。御奉行には考えがおありだ。きっとよいお取りはからいがある。それまで待て」

彦九郎に諭される伝次郎だったが、

「戒蔵が逃げた先の屋敷のことを調べなかったわたしに非があります。真っ先に踏み込んだのもわたしです。他の同心がたはわたしにつられてあの屋敷に入ったにすぎません」

と、あくまで頑《かたく》なであった。

「おぬしの気持ちはわからぬでもないが、はやまることはない」

彦九郎の言葉に、伝次郎は唇を引き結んで長い間うつむいていた。

「おぬしひとりが咎《とが》を受けることはないのだ。受けるとすれば、おれも松田《まつだ》も中村《なかむら》も、御奉行にお叱りを受けなければなるまい」

「お叱りではすみません」

伝次郎は顔をあげると毅然《きぜん》といい放った。

「此度の件は、お叱りですむことではありません。御奉行の悩ましげな顔を見ればわかります」

「だから、それはお考えがあるからだ」

「わたしはいい子ぶっていってるのではありません。わたしは酒井さんや松田さん、中村さんたちとちがい若輩者です。それにみなさんは有能な同心です。道連れになることはありません。そんなことになれば、町奉行所のはたらきに差しつかえます」

彦九郎には伝次郎が腹を決めていることがわかった。しかし、どうにか説得をして一日待たせることにした。

その間に彦九郎は、大目付・松浦伊勢守屋敷にいっしょに入った松田と中村と相談をした。二人とも伝次郎だけに責任を取らせることはないといった。

ところが、翌日、伝次郎は奉行の役宅を訪ね、筒井和泉守の裁断を仰いでいた。

結果、伝次郎が職を辞し、家屋敷を返納することが決まった。

これを聞いた彦九郎たちはおおいに慌てたが、すでに決まったことを覆すことはできなかった。

「伝次郎、きさまってやつは……」

彦九郎たちは伝次郎のやり方に歯痒《はがゆ》さを覚えずにはいられなかったが、自分たちを庇《かば》い、また奉行の苦境を救った潔さに感服するしかなかった。

おそらく二度とくぐることはないであろう町奉行所の門を出た伝次郎を見送ったのは、酒井だけではなかった。そばには中村も松田も、そして他の同心たちもいた。

見送られる伝次郎が最後に口にしたのは、

「ご迷惑をおかけいたしました」

と、それだけで、あとは深々と辞儀をして歩き去った。

「やつこそ侍だ」

中村がそんな言葉を漏らした。

「惜しい男をなくした」

松田は涙声であった。

遠ざかる伝次郎を見送る彦九郎も、めずらしく骨のある男の去り際に心を痛めていた。

(伝次郎、きさまは男だ。ほんとうだぜ……)

胸の内でそうつぶやいたのを、彦九郎は昨日のことのように覚えている。

来《こ》し方のことを思いだしていた彦九郎は、新大橋の上で立ち止まり、欄干《らんかん》に手をついた。

大川がきらきらと輝いている。幾艘もの舟が上り下りしていた。

伝次郎らしき船頭がいないか探してみたが、その姿はなかった。

「旦那、どうかなさったんで……」

万蔵が訝《いぶか》しげな顔で声をかけてきた。

「なんでもない」

彦九郎はそう応じて、橋をわたった。

二

「舟が見つかったそうだな」

夕刻、訪ねてきた伝次郎に、嘉兵衛が顔を向けた。

「耳に入っていましたか……」

伝次郎は捻《ねじ》り鉢巻きにしていた手拭いを外して、首にかけた。嘉兵衛の様子を見て、今日は酒は飲んでいないようだと、内心で安堵《あんど》する。

「見つかったのは佐吉の舟だったそうだが、なんでも死体が乗っていたっていうじゃねえか」

「そうらしいですね」

伝次郎は火鉢の鉄瓶を取って、勝手に茶を淹《い》れた。死体が乗っていたというのは穏やかではない。盗まれた舟は悪事に利用されたのかもしれない。

「伝次郎、川政は困っているはずだ。力になってやりな。といったところで、なにをどうすりゃいいかおれにもわからねえが……」

「とりあえず、あとの二艘を探すのが先でしょう」

「そりゃそうだ」

コホコホと嘉兵衛は咳をした。

「大丈夫ですか？」

伝次郎ははっとなって嘉兵衛を見る。

「もう長くはねえだろう。まあ、やることはやってきたから、あとは先に逝《い》った嬶《かかあ》のところへ行くのだけが楽しみだ。いまさらこの世に未練もねえし……」

「そんなことはおっしゃらないでください」

「他に楽しみがねえんだ」

嘉兵衛はかさついた自分の顔をこすって、

「飯を食いに行くか」

と、伝次郎に聞いた。

「そうしたいところですが、川政の舟が気になります。ちょいと様子を見に行ってこようかと……」

「うむ、そうだな。そうしな。あの船宿はなにかと世話になるところだ。しかし、盗まれたのがおまえのでなくてよかった」

「嘉兵衛さん、酒は……」

伝次郎は途中で口をつぐみ、だめですよというように首を横に振った。

「わかってるよ。うるせえ野郎だ」

「それじゃまたあとで来ます」

伝次郎は立ちあがって、嘉兵衛の家を出た。

黄昏《たそが》れた町はいつもと変わらなかった。出職《でしよく》の職人が、青物屋《あおものや》の女房と軽口をたたき合っていれば、いたずらした子供を追いかける八百屋の亭主がいる。

長屋の木戸口で立ち話をしていたおかみが、突然、楽しそうな笑い声をあげた。

伝次郎はやってきた大八車をかわして、川政の敷居をまたいだ。

「よお、伝次郎」

居間で茶を飲んでいた政五郎が声をかけてきた。

「佐吉の舟が見つかったそうですね」

「見つかったはいいが、死体が乗っていたという。穏やかじゃねえぜ」

「まったくです。……みんなはまだ舟を」

伝次郎は上がり框《かまち》に腰をおろした。

「良助《りょうすけ》と仁三郎《にさぶろう》は探しているが、他のやつらは仕事だ。ぼちぼち戻ってくるとは思うが……」

政五郎は煙管に刻みを詰めながら、ため息をついた。まだ見つかっていない舟は、良助と仁三郎という船頭が預かっているものだった。

「おれも手伝いますが、佐吉はどこにいます？」

「船着場にいるはずだ」

伝次郎は腰をあげると土間の奥に足を向けた。そのまま裏に出ると、船着場になっている。すぐ左に高橋、右の大川口には万年橋が見える。

川政の船着場は、芝翫《しかん》河岸の一部になっていた。佐吉は自分の舟を、藁縄《わらなわ》をまるめて作った束子《たわし》で洗っている最中だった。

「舟が見つかってよかったな」

伝次郎が声をかけると、佐吉がひょいと顔をあげた。

「見つかったのはいいんだけど、縁起でもねえよ」

佐吉は額に蚯蚓《みみず》のようなしわを走らせ、顎の汗を手の甲でぬぐった。伝次郎は石段の雁木を下りてそばに立った。

「汚れがひどいのか？」

「そうでもねえけど、血は落ちにくいや。……なんとか落としたが、こりゃお祓《はら》いをやってもらわなきゃ。まったくやれやれだ」

佐吉はそういってゴシゴシと舟縁《ふなべり》をこすり洗って、このぐらいでいいだろうと、腰をたたいた。

伝次郎は暗い空を映す、小名木川の遠くに視線を投げた。

舟泥棒はおそらくこの辺にはいないだろう。もし、その泥棒が悪事をはたらいているなら、うまく隠しているはずだ。おいそれとは見つからないかもしれない。ただのいたずらで盗んだのならいいが、盗まれた舟の一艘に死体が乗っていたというのが気になる。

船着場には屋根舟と屋形船がそれぞれ一艘ずつあり、あとは荷舟や猪牙舟である。それが串に刺した魚のように舫われている。

「伝次郎さんも探してくれてるそうだが、どうだい？」

佐吉は「さん」付けをして呼ぶが、同等の口を利く。

「今日は見なかった。ところで死体だが、どこの誰だかわかっているのか?」

「舟を引き取りに行ったときに、その話が出たけど、わからないってことだよ。腹をひと突きされていたってことだ。町方はよそで殺されて、おれの舟に放り込んだんだろうといってるらしいが……」

「すると、舟の見つかった竃河岸のそばで殺されたってことか……」

遠くで殺して、舟まで運んだとは思えない。

「おいおい伝次郎さん、妙なことに首を突っ込む気じゃねえだろうな。おれたちゃ舟が見つかりゃそれでいいんだ。おれは明日から仕事ができるが、良助と仁三郎さんは大変だ。もっとも親方が屋根舟の手伝いをさせるみてえだが……」

「明日も舟探しを手伝おう」

「そうしてくれりゃ助かる。ところで伝次郎さん、たまにはやらねえか。舟が見つかったんでおれの奢《おご》りってことで……」

佐吉が口の前で盃《さかずき》をほす真似をした。

「嘉兵衛さんと約束があるんだ。今度にしてくれ」

三

伝次郎が船着場から河岸道にあがったとき、良助と出くわした。

「こりゃ伝次郎さん、舟探しを手伝ってくれてるそうですね」

「他人事《ひとごと》じゃないだろう」

「そういってもらえると、ありがてえです」

良助は疲れた顔をしていた。川政では一番若い男だ。明るくて屈託がなく客受けがよい。年は二十六だが、大人になりきれない童顔だった。

「どの辺を探した？」

伝次郎が訊ねると、良助は深川一帯を、足を棒にして探したといった。

「明日は本所《ほんじょ》のほうに足をのばしてみるつもりです」

「本所か……」

伝次郎がゆっくり歩きだすと、良助も横に並んでついてきた。

「舟泥棒は舟を盗んでどうする気か知らないが、そのまま自分のものにする気なら、深川や本所では見つからないかもしれん」

良助が目をしばたたいて伝次郎を見た。

「それじゃどこを探せばいいと思います」

「さあ、それは……。佐吉の舟は竈河岸で見つかっているから、やっぱり川向こうかもしれねえ。浅草かそれとも芝のほうか……」

「芝……そんな遠くまで……」

「わからんが、見つけるのは一筋縄じゃいかねえ気がする。こんなことといってがっかりさせるつもりはないんだが……」

良助は悔しそうに唇を嚙《か》んで、ちくしょう舟泥棒の野郎と、吐き捨てた。

「これからどうするんだ？」

「飯食ってもう少し探してみようかと……」

「そうか、じゃあいっしょに飯を食うか」

伝次郎は嘉兵衛の家に行こうと思っていたが、それはあとでもいい。嘉兵衛は勝手にやっているはずだ。おそらく飲んではいけない酒を飲んでいるだろうと思いもする。

近くの一膳飯屋に入った伝次郎と良助は、土間席になっている幅広の縁台に腰掛けた。太った女将《おかみ》が注文を取りに来たので、良助は煮魚と飯を、伝次郎は酒をつけてもらった。

「見つからなかったらどうする？」

伝次郎は酒を飲んでから、良助を見た。紙の煤《すす》けた行灯がそばにあった。安物の魚油《さかなあぶら》を使っているらしく、煙を出している。

「そのときはしかたないでしょう。見つからなきゃ、屋根舟の手伝いをやれって親方がいってますし。おれはあきらめりゃいいんですが、ほんとは親方がきついんですよね」

良助はやさしいことをいって飯を頬ばる。

舟は船頭の持ち物ではなく、川政の所有である。もっといえば政五郎の出費ということになる。猪牙舟といっても、安くはない。船大工にもよるが、一艘あたり二十両から四十両はする。杉材を使うのが一般的だが、使用材や仕上がりによって百両という猪牙舟もあった。

伝次郎が使っている舟は、嘉兵衛から安く譲り受けたものだ。また、舟の持ち主は届をしなければならない。官許なしでの営業は御法度《ごはっと》であるし、無断で舟を所有することもできなかった。

「おれがもっとしっかりしてりゃ盗まれたりなんかしなかったのに……。親方に申しわけないです」

良助は泣きそうな顔をする。

「自分を責めることはない。悪いのは盗んだ野郎だ」

「そりゃそうですが……運が悪いな、おれは」

伝次郎はしばらく良助の愚痴を聞くことになった。人がいいのか、盗まれたのはすっかり自分がだらしないからだと嘆くのだ。

「もういうな。良助、おれも目を皿にして探してやるから」

「ありがとうございます。そういってもらえるだけでも心強いです。でも、もう少し探してみようと思います」

良助は飯を平らげて茶を飲んだ。

「もう、暗いぞ。明日にしたらどうだ？」

伝次郎は表を見ていった。

「まだ寝るには早いんで……」

「そうか。無理はするな。ここはおれが払っておく」

「へえ、すいません。それじゃ遠慮なく」

良助はちょこんと頭を下げる。

伝次郎は女将を呼んで勘定をすると、表に出た。少し風が冷たくなっていた。

「冷えてきたな。おれも付き合ってやりてえが、嘉兵衛さんの家に行かなきゃならない。気をつけてな」

「別に無理をするわけじゃないんで、大丈夫です。ご馳走《ちそう》になりました」

良助はそのまま自分の家のほうに向かった。提灯を取りに行くのだろう。

四

家に立ち寄った良助は、提灯に火を入れると、そのまま長屋を出た。

さて、どこを探そうかと考える。伝次郎は深川や本所では見つからないだろうといったが、良助はまずは近場を徹底的に探そうと考えていた。

昼間、深川界隈《かいわい》を歩きまわったが、日が暮れてから盗まれた舟が、船着場に戻っているかもしれないと思うのだ。半分あきらめの気持ちもあるが、親方の政五郎の顔を思いだすと、やはり探さずにはいられない。

良助は政五郎のことを死んだ父親以上に慕っていた。一人前の船頭に育ててくれたのも政五郎だ。恩はあるが、返してはいない。

高橋を渡り小名木川沿いに西に歩くことにした。川はとろっと油を流したように穏やかだ。水面は料理屋や居酒屋の提灯の灯りを映して、あやしげに揺れている。酔った男たちの下卑《げび》た声や、女たちの楽しげな笑い声が聞かれた。川風が冷たいので、良助は襟をかき合わせて歩いた。

舟を見ると、そばに近づいて提灯をかざした。何年も乗っている舟だから、ひと目で見分けがつく。そうやって新高橋まで探して歩いたがなかった。横川に架かる扇橋《おうぎばし》をわたった先に行こうかどうしようか迷った。

扇橋の先は、諸国の大名の下屋敷や抱屋敷《かかえやしき》がつづき、その先は百姓地だ。ひょっとするとそっちに舟を隠しているかもしれないと考えた。

良助は扇橋をわたった。町屋はすぐに切れて、あとは大名屋敷がつづく。いきおい静かな通りとなる。川沿いに留められている舟も少ない。

対岸は深川猿江町《さるえちょう》と深川上大島町《かみおおじまちょう》の河岸場だ。そっちには十二、三艘の舟がある。

小倉《こくら》藩小笠原家下屋敷の前まで来て良助は足を止めた。息が白くなっていた。対岸にある松が闇夜に浮かんでいる。空には幾千万もの星が散らばり、またたいている。

もうこの先は野畑である。人家も少ない淋しいところだ。遠くから犬の吠え声が何度か聞こえてきた。

(戻ろう)

胸の内でつぶやいた良助は来た道を引き返した。

いくら探しても見つけることができないと、だんだんむなしくなってくる。伝次郎がいったように、本所・深川にはないのかもしれない。そうなると、探すのは容易ではない。政五郎は三日探して見つからなければ、あきらめるといっていた。

——盗まれた舟の分を稼ぐしかねえだろう。

政五郎がそういうのは、雇っている船頭たちを気重にしないためだと、良助にはわかっていた。一番悔しい思いをしているのは親方なのだ。佐吉の舟は見つかったからよかったものの、仁三郎の舟も出てこないままだ。

――おれはなにがなんでも探すぜ。

向こうっ気の強い仁三郎は、鼻息荒くいっていたが、どうなっただろうか……。見つけているだろうか。そのことが気になった。

扇橋の手前を左に折れたのは、とくに意図があったわけではない。ちょっとこっちも見ていこうと思っただけだった。そのまま横川沿いの河岸場を見て、大栄橋まで行ったら、対岸を見て帰ろうと考えた。

深川扇橋町、深川石島町と町屋がつづき、その先は深川末広町《すえひろちょう》だ。横川のこちら側、つまり東側は東亥堀《ひがしいのほり》河岸といい、対岸を西亥堀河岸というが、土地の者はそのあたりを単に亥ノ堀《いのほり》と呼んでいた。

深川石島町に入ったとき、気になる舟があった。人目を避けるように、舟に筵をかけてあるのだ。その船着場にあるのは、猪牙舟や茶舟といった小舟ばかりだった。だから余計に気になった。

良助は船着場の端に舫われている筵がけの舟に近づき、提灯の灯りをかざした。

そっと筵をめくってみる。加敷《かじき》（船の最下部の棚板）は水に沈んで見えないが、上《うわ》棚《だな》（舷側板《げんそくばん》）は見える。

（あれ、これは……）

良助の心の臓がドクンと跳ねた。自分の舟ではないが、仁三郎の舟のような気がするのだ。舳先よりの上棚を見ればはっきりする。

良助は筵を剥ぎ取って、舟に乗り込んだ。舳先を隠している筵を剥いで、上棚を見た。焼き印はくすんでいるので、提灯をかざす。とたん、良助の目が見開かれた。

（あった！　仁三郎さんのだ。見つけたぞ）

良助は胸を熱くして、興奮した。それじゃ隣にあるのが自分の舟だと、そっちの筵を剥ごうとしたとき、

「おい、なにやってやがる」

と、突然の声がした。

良助は男を見た。暗いので顔はよく見えないが、意気がっている与太者《よたもの》風情だった。だが、良助も粋のいい船頭のひとりだ。

「舟が盗まれたんで探してんだ。やっと見つけたよ」

「盗まれたって、ほんとうかい？」

男は船着場の石段を下りてきた。良助はその男には目もくれず、筵を剝ぎ取って焼き印を見た。いや、もう見るまでもなく自分の舟だとわかっていた。

「やっぱり、そうだ。おれの舟だ」

良助は安堵すると同時に、興奮の声を漏らした。

「どれがてめえのだというんだ」

男はすぐそばに立っていた。

「これだよ。昨日の朝からずっと探していたんだ。ちくしょう、いったい誰がこんなところに……」

「悪いことするやつがいるもんだな」

「まったくだ」

「おめえ、船頭かい？」

「そうだ」

応じると、男は周囲を見まわしてから、

「だったらちょいとおれを運んでくれねえか」

と、良助に頼み、片頰に皮肉っぽい笑みを浮かべた。

「どこまで行きます？」

あまり気乗りしなかったが、ここは商売だと思って訊ねた。

「遠くじゃねえ。歩くのが億劫《おっくう》でな」

「それじゃ、乗ってください。しかし、そこにあるのもうちの船頭の舟なんです。早く取りに来なけりゃなりませんから……」

「だから遠くじゃねえといってるだろ」

男は荒っぽい口調で良助を遮り、早くしてくれという。

良助は剝ぎ取った筵を、仁三郎の舟に放り投げて舟を出した。棹を使ってそのまま船着場を離れる。

「扇橋のほうへ行くんだ」

「へえ」

行き交う舟はない。河岸道にも人の姿は見られなかった。かすかに飲み屋から声が漏れているぐらいだ。

「扇橋からどっちへ行きます？」

「……右だ」

男は少し考えてから答えた。

良助はまたあっちへ行くのかと、うんざりする思いだった。それでも客に口答えはできないから黙ってしたがう。

扇橋をくぐって舟を右に向けた。提灯は普通舳先に置くが、急だったので自分の足許にある寄りかかりに置いていた。

客の男は前を向いたまま黙り込んでいた。妙な男だ。そう思うが、愛想《あいそ》のない客はひとりや二人ではない。

「そこへつけろ」

陸奥白河藩《むつしらかわはん》抱屋敷の前だった。隣の大名屋敷との間に小橋が架かっているあたりである。対岸も大名屋敷でいたって静かなところだった。

男が腰をあげて、

「いくらだい？」

と訊ねながら近づいてきた。

「あんまり近いんでいただきたくはありませんので、お客さんの気持ちだけでようござんす」

「そうかい、そりゃ悪いな」

男は懐に手をのばした。

と、その手が素早く動いたとき、良助は自分の腹に熱いものを感じた。

「うッ……」

さらに腹に刺し込まれたものが抉《えぐ》られると、良助の全身から力が抜けた。

五

「わはは、それでおまえの痔《じ》がますますひどくなったってわけだ」

はあはあと、伴蔵は腹を押さえて笑った。

「お頭、腹を下すとろくなことにはなりません。なんせ、硬い紙で何度も拭かなきゃならねえから、尻がまっ赤になっちまいまして、まるで猿の尻ですよ」

手下の喜作《きさく》はさっきからひどい下痢になってそれがもとで、痔になったという話を至極真面目な顔で話していた。その顔が真剣だから、なおおかしいのである。笑っているのは伴蔵だけでなく、他の仲間もげらげらと腹を抱えていた。

「それにしても汚ねえ話だ」

首を振り振りあきれたようにいうのは、村田小平太だった。

みんな湯豆腐をつまみながら酒を飲んでいた。座敷はその湯気で、なんだか靄《もや》ったようになっている。

「まあいい。腹の立つ話より、笑える話がおれは好きだ。喜作、他におもしろい話はねえか」

伴蔵はぐびりと酒をあおって催促した。

「だったらケチな親爺《おやじ》のしくじり話があります」

「ほう、どんなことだい？」

伴蔵が無精ひげをさすって身を乗りだしたとき、表戸が勢いよく開けられ、峰次が飛び込んできた。そのあまりの慌ただしさに、みんなが振り返ったほどだ。

「お頭、大変です」

峰次は一度つばを呑み込んでから言葉を継いだ。

「舟が見つけられました」

「なんだと……」

伴蔵は狐のような顔をしている峰次に体ごと顔を向けた。

「舟の船頭が探していたんです。あっしがうまい具合に見かけて始末したんですが、舟をどうにかしなきゃなりません」

「おい、始末したってぇのはどういうことだ？」

「やつの客になりまして、それで人気のないとこへ向かわせたんです」

峰次はそういってから、船頭を殺した経緯をかいつまんで話した。伴蔵は眉間にしわをよせて、小さなため息をついた。

「死体はどうした？」

「そのまま川に落としました」

伴蔵は目を厳しくした。

死体は遅かれ早かれ、誰かに見つけられる。それが、この家の遠くならまだ救いはあるが、峰次が船頭を殺したのはすぐそばである。おそらく町方の聞き込みがあるはずだ。

「いけませんでしたか……」

峰次が不安げな顔になった。

「始末したのはいいが、場所が悪い」

「だったらこれから揚げに行きますか……」

「べらぼうめ。死体を引き揚げているところを見られたらどうする。それより舟をどうにかしなきゃならねえ」

伴蔵は思慮深い目になって、腕を組んだ。

「伴蔵さん、だったら六万坪に隠しておいたらどうだ。今日の昼間あの辺をぶらついて、いいところを見つけてあるんだ。なに、舟さえ見つけられなきゃ、どうとでも切り抜けられるだろう」

いったのは小平太だった。

「そこは大丈夫だろうな？」

「葦《よし》と泥柳におおわれた入り掘がある。人も通らねえところだ」

伴蔵は宙に目を据えた。

小平太がいうのは、石小田新田《いしおだしんでん》のあたりだろう。たしかにあの埋立地は人気《ひとけ》がない。葦におおわれているならいいかもしれない。

「よし峰次、村田さんに案内してもらってそこへ舟を隠してくるんだ。目立たないように動け。提灯もつけるんじゃねえ」

「よし、行くぜ。峰次、喜作、それから幸平《こうへい》ついてこい」

小平太が腰をあげた。

手下らが出てゆくのを見届けた伴蔵は、しばらく黙り込んだ。おそらく峰次が殺した船頭の死体は、明日の朝には見つかる。いやすでに騒ぎになっているかもしれない。だが、町方が動くのは、どんなに早くても明日の朝だ。

すると、明日には町方の聞き込みがある。

そこで伴蔵はまた考えた。自分の顔はできるだけ町方に知られたくない。もちろん仲間の顔も知られないほうがいい。すると、この家を払ったほうがいいのか……。いや、そうなるとかえってあやしまれる。

伴蔵は座敷に残っている二人の仲間を眺めた。こいつらだけ残して、しばらくここを離れるか……。それがいいかもしれない。つぎに盗みに入る店の調べも、そろそろはじめなければならない。

（よし、明日の朝早く、この家を出よう）

心を決めた伴蔵は、酒に口をつけた。

六

「番屋には行ってねえんだな」

彦九郎は早足で歩きながら、隣を歩く岡っ引きの半次《はんじ》を見た。まだ、夜が明けてからほどない時刻である。通りには棒手振《ぼてふり》や行商の者たちと、野良犬の姿があるぐらいだった。

長屋の連中は起きだしたばかりで、女房たちが朝餉《あさげ》の支度をする竈の煙が町屋にたなびいている。

「真っ先に旦那にと思ったんで……」

半次がそういうのは、彦九郎に手柄を取らせたいためであろう。

「最初に見つけたのは誰だ？」

「納豆売りです。なんでも四日に一度は訪ねることになっているそうで、それで見つけたってことです」

「その納豆売りは待たせてあるんだろうな」

「へえ、家の前で番させています」

彦九郎は野次馬が集まっているのではないかと懸念したが、その心配はなさそうだ。朝が早いので、彦九郎についているのは小者の万蔵だけだった。

照降町《てりふりちょう》を急ぎ足で通りすぎ、親父橋《おやじばし》をわたったとき、明け六つ（午前六時）の鐘が鳴った。朝靄が徐々に薄れている。

半次に案内されたのは、元大坂町《もとおおさかちょう》にある二階建ての一軒家だった。建坪二十坪ほどの小さな家だ。

死体を見つけたという納豆売りは、裏木戸の前で待っていた。彦九郎の姿を見ると、掛けていた石から腰をあげた。

「死体はどこだ？」

彦九郎は納豆売りに近づくなり訊ねた。

「勝手口のすぐそばです。戸を開けたところに……」

「この戸は開いていたのか？」

「へえ、いつも開けてあるんで……ですが、勝手口の戸は閉まっていて、いつも声をかけてお喜久《きく》さんを呼ぶんです」

「お喜久ってのはこの家の女房か？」

「いえ、御蔵前《おくらまえ》の鶴屋《つるや》さんのお妾《めかけ》さんでして……お喜久さんは、芝居茶屋の娘さんです。娘といってももう二十三、四だと思いますが……」

「とにかく死体を見よう」

彦九郎は裏木戸を入って、勝手口の前に立った。

そっと引き戸を横に開くと、そこに若い女が倒れていた。剝《む》き出しの脛《すね》がやけに白く、土間に頰をつけた顔は蠟のように白くなっていた。腹のあたりに血だまりがあるが、多くはない。しかし、それは時間が経過しているからだと彦九郎にはわかった。

そこは、竈と流しのある炊事場であった。彦九郎は死体となっているお喜久の様子を見て、土間奥に進んだ。

「万蔵、雨戸を開けるんだ」

彦九郎はそう命じて座敷にあがった。

奥の四畳半が荒らされている。寝間も同じだ。階段をあがって二階にあがったところで、彦九郎は鼻をつまんだ。

嗅ぎなれた死臭がしたのだ。二階は四畳半だが、そこも荒らされた形跡があり、窓際に男が死んでいた。太った男だ。寝間着姿だった。こっちはお喜久とちがい、胸をひと突きされているのがわかった。

「この男が鶴屋か？」

彦九郎は二階の上がり口のところで立ち止まり、口と鼻を押さえている納豆売りを見た。死体を見るのがいやなのか目をそむけていた。

「ちゃんと見るんだ」

いいつけると、納豆売りはいまにも吐きそうな顔をした。実際「ううっ」と、うなり口を手で塞いだ。それでも恐る恐る死体を見て、

「……鶴屋の旦那です。鶴屋さんは御蔵前の札差《ふださし》で、名は文五郎《ぶんごろう》といいます」

といった。

「詳しいな……」

「この辺じゃみんな知ってることです」

彦九郎は横向きに倒れている鶴屋文五郎をあおむけにさせた。ぽかんと口を開け、

みはった目で虚空を見ていた。彦九郎は掌《て》でそっと、目を閉じてやり、部屋のなかをぐるりと見わたした。部屋の隅に手文庫があり、それがひっくり返っていた。

壁には仕立てのよい着物と羽織が掛かっていた。

（盗人の仕業《しわざ》か……）

彦九郎は胸の内でつぶやいて階段を下り、家のなかを見てまわった。障子や襖《ふすま》が破れている。寝間の押入はすべて開け放され、物色された形跡がありありとあった。その押入のなかをのぞき込んで、彦九郎は目をしかめた。

金箱があったのだ。しかし、そこには一文たりと入っていなかった。

（やはり物盗《ものと》りか……。ひでえことしやがる）

「万蔵、番屋に走ってこのことを伝えろ。それから半次、てめえはお喜久の家に行って親を呼んでこい。お喜久の死体をたしかめさせなきゃならねえ」

指図をした彦九郎は、上がり框に腰をおろして、ふうと息を吐いた。

「旦那、あっしはどうすればいいんです？」

納豆売りが怖いものでも見るように聞いてくる。

「おれの聞くことに答えてくれたら帰っていい。まずは、おまえがこの家に来たときのことから詳しく話すんだ」

彦九郎はそういって、納豆売りの話を聞くことからはじめた。


それから半刻ほどたっていた——。

伝次郎が船着場で、自分の舟の底にたまった淦《あか》を掬《すく》い取っていると、一艘の猪牙舟が水面をすべるようにやってきた。

「伝次郎さん」

声をかけてきたのは船頭の佐吉だった。いまにも泣きそうな悔しい顔をしている。

「どうした？」

伝次郎は淦掬いを寄りかかりに置いて立ちあがった。

「良助が……」

そういって佐吉は肩をふるわせるようにしてしゃくりあげた。

伝次郎はいやな胸騒ぎを覚え、佐吉の舟を見た。筵がけされたものが乗せられており、そこに足が突き出ていた。

「あの野郎、殺されちまって……ううッ……なんでこんなことになるのか……」

伝次郎は佐吉の舟に飛び乗ると、筵を剝いではっとなった。良助だった。腹に刺し傷がある。しかし、血は洗われたようになっている。おそらく水に浸かっていたのだ。

「どこで……」

佐吉が泣き濡《ぬ》れた顔を向けてきた。

「今朝早く、深川猿江町の番屋から知らせがあったんです。向こうの船頭が偶然見つけて、良助を知っているやつだったんで……くそ、どうしてこんな目にこいつがあわなきゃならねえんだ」

佐吉は固めた拳《こぶし》を何度も自分の腿《もも》に打ちつけた。

伝次郎はもう一度、良助の死に顔を眺めた。刺されたときは苦しんだだろうに、いまは気持ちよさそうに眠ったような顔をしている。

昨夜いっしょに飯を食ったばかりだ。探しに行くといったとき、どうしておれは止めなかったのだ。いっしょに探すのを手伝っていれば、こんなことにはならなかったのではないかと、伝次郎は自分を責めた。

強く唇を嚙み、怒ったような顔で空をあおいだ。その空から鳶《とび》がのどかな声を落としていた。

――運が悪いな、おれは。

昨夜、舟が盗まれたのは自分が悪いわけではないのに、自分を責めて泣きそうな顔でそういった良助の顔が瞼《まぶた》に浮かんだ。

「佐吉、戻ってきたか」

船着場の上から声がかかった。

政五郎だった。怒気《どき》を含んだ顔に悲しい色を湛《たた》え、佐吉の舟を見ていた。そばには他の船頭も立っていた。

「良助はそこに……」

「へえ、ここで、気持ちよさそうに……くくッ」

佐吉はまた肩をふるわせて泣いた。

七

その日の仕事は急遽《きゅうきょ》休みとなった。

川政も暖簾を下ろし、客止めにした。良助は二階の客座敷に寝かせられていた。

事件を聞き知った町方がやってきたのは、その日の昼前だった。伝次郎は二階の隅にいて、町方とは顔を合わせないようにしていた。

これは本所方の同心であった。本所方は同心二人に与力《よりき》が上にひとりつき、道役《みちやく》と呼ばれる下役を連れて、本所深川界隈に目を光らせ、犯罪の取締りを行っている。

やってきた同心はすでに良助を見つけた船頭から話を聞いているらしく、政五郎と仲間の船頭たちから、良助は恨まれるようなことはなかったか、金や女がらみの揉《も》め事はなかったかなどと通りいっぺんのことを聞いていた。

伝次郎はその間、じっと客座敷の隅で、やってきた嘉兵衛と出された酒をちびちび舐《な》めるように飲んでいた。

嘉兵衛が酒を飲んでも、伝次郎は止めなかった。止めたところでやめる人間でないというのはわかっている。

二階の客座敷は普段は舟待ちの客や逢《あ》い引《び》きの男女、あるいは単に酒を飲みに来る客のために使われる。小部屋が二つあるが、あとは衝立《ついたて》で仕切られるようになっていた。いまはその衝立は払われ、だだっ広い座敷となっている。

窓から明るい日射しが注ぎ込んでいた。雀《すずめ》たちが隣の家の屋根で楽しそうにさえずっている。すぐ下は小名木川で、先のほうに大川が見える。対岸には大名屋敷があった。

「伝次郎、なにもしなくていいのか」

嘉兵衛がしわがれた声でつぶやいた。

伝次郎は思い詰めた顔で、遠くを見ているだけだった。何度も唇や奥歯を嚙みしめていた。大きく息を吐くたびに、酒を舐める。

「おめえはもとは……」

伝次郎は、その先はいうな、というように嘉兵衛をにらんだ。だが、嘉兵衛の口は止まらない。

「良助はおまえを慕っていたじゃねえか」

「…………」

「おめえが大川のこっちに来たのは、向こうじゃ仕事がやりにくいと考えたからだろう。そりゃあやり手の町方が、船頭に成り下がったんじゃ合わせる顔がねえもんな」

それは違う、と伝次郎は否定するが、言葉にはしなかった。たしかに大川の向こうではなにかと不都合がある。

自身番のものも、また他の外役同心が使っている小者にも会う機会が多い。ほうぼうにいる岡っ引きにも、伝次郎の顔は知られている。そんなことを嫌って、深川に来たのはたしかだ。日本橋《にほんばし》や八丁堀《はっちょうぼり》、あるいは神田川に入るときは、必ずほっかむりをして菅笠《すげがさ》を被《かぶ》るようにしている。

「たしかにおめえはもう町方じゃねえ。船頭だ。だが、岡っ引きよりましなはたらきができるんじゃねえか。こんなときこそ、おめえの力が頼られるんじゃねえのか」

「嘉兵衛さん、もうよしてくれ」

伝次郎はそういって酒をあおった。

それから布団に横たわっている良助を眺めた。町奉行所を辞したあの日のことが、わけもなく脳裏に甦《よみがえ》った。

御奉行に抜擢《ばってき》され、御奉行に罷免《ひめん》されたわけではあるが、後悔はしていなかった。あれで、仲間の同心たちの首がつながり、名奉行の誉《ほま》れ高い筒井和泉守政憲の体面も保たれたのだ。

ただ悔やむのは、悪辣《あくらつ》な辻斬りを繰り返していた津久間戒蔵を取り逃がしたことと、その戒蔵に家族を殺されたことである。

あの日、南町奉行所を去った伝次郎は、八丁堀の自宅屋敷に帰る道々、今後のことをあれこれ考えていた。同心を辞したことで、家屋敷も明け渡さなければならなかった。

町奉行所の与力・同心は、原則一代かぎりではあるが、それは建前であって世襲となっていた。伝次郎の父も祖父も町奉行所の同心であった。

その代々つづいてきた家柄を自分が断つことになり、大事に守られてきた屋敷にもいることができなくなった。ついては妻子を連れて、江戸の片隅でひっそりと暮らそうと考えていた。

災厄はその矢先に起きたのだった。

木戸門を入ったすぐのところに、中間《ちゅうげん》が倒れていたのだ。そばには永年付き添ってきた小者の才助《さいすけ》も襤褸《ぼろ》雑巾《ぞうきん》のように転がっていた。二人とも一刀で斬られているのがわかった。

「誰だ、誰がこんなことを……」

こわばらせた顔をはっとあげた伝次郎は、屋敷に視線をめぐらせると、そのまま玄関に飛び込んだ。そこではたと足が止まった。式台にひとり息子の慎之介《しんのすけ》が死んでいたのだ。首をざっくり斬られて、即死だったことがわかる。床には血だまりが出来、障子にも血潮の飛び散った跡があった。

奥座敷に行くと、そこに妻の佳江《よしえ》が倒れていた。だが、佳江にはまだ息があった。

「いかがした佳江。誰だ、誰がこんなむごいことを……」

そっと佳江を抱き起こすと、

「あ、あなたさま……」

と、唇をふるわせ、か細い声でつづけた。

「み、眉間《みけん》に傷のある男が……突然やって……」

佳江はそこまでいうのがやっとだったが、伝次郎にはぴんと来た。津久間戒蔵を追って、後先のことを考えず、まさかそこが大目付・松浦伊勢守忠の下屋敷とは知らずに入ったとき、伝次郎は戒蔵と斬り結んだ。

そのとき、戒蔵の眉間を斬っていたのだ。深手ではなかったので、戒蔵はそのまま逃走したのだが……。

「……やつが……」

伝次郎のはらわたが煮えくり返った。しかし、戒蔵を追う術《すべ》はなかった。

家族と中間・小者を丁重に葬った伝次郎は、敵《かたき》を討つべく戒蔵を探したが、その行方は杳《よう》として知れなかった。戒蔵は肥前唐津藩の目付からも、また町奉行所にも追われる身である。肥前唐津に行ったとしても、探せる見込みはなかった。

結局は泣き寝入りをするはめになったのだが、かといって伝次郎は敵討ちをあきらめているわけではない。いつかどこかで必ず会える、いつかその尻尾《しっぽ》をつかまえることができると信じて生きている。

（まさか、船頭になるとは思いもしなかったが……）

胸中でつぶやく伝次郎は、どうして船頭になったのかと考えた。だが、それは巡り合わせだと思っている。

町奉行所を去り、大事な家族を失う不幸にあい、失意の念に打ちひしがれているとき、偶然乗り合わせた舟の船頭が、嘉兵衛だった。嘉兵衛は年は取っていたが、生き生きとしていた。舟が好きかと聞けば、

――あっしにはこれしかありませんから、ですがこうやって川と舟と付き合うのはまんざらじゃありません。

と、いかにも楽しそうな笑みを浮かべた。

伝次郎はそのまま日の光にきらめく大川を眺めた。そうか、船頭だったら津久間戒蔵を探せるかもしれないと思った。江戸は水路が多い分、舟の利用客も多い。もし、戒蔵が江戸にいるか、江戸に戻ってくるようなことがあれば、必ずや舟を使うはずだ。伝次郎はそう考えるなり、

――船頭、おれを弟子にしてくれないか。

と、頼んでいた。

「敵を取れ」

嘉兵衛の声で伝次郎は我に返った。

「舟を盗まれ、仲間の船頭を殺されたんだ。ここはおまえの船宿じゃないが、なにくれと世話になっているところじゃねえか。町方をあてにしてちゃ、いつまでも良助を殺した下手人や舟泥棒を捕まえることはできねえんじゃねえか」

伝次郎は嘉兵衛をじっと見つめた。しわ深い顔だ。急に老け込んだように見えた。

「おめえがやらねえで、誰がやるよ」

嘉兵衛は言葉を継いで、ぐびりと酒をあおった。コホコホと咳をして、胸をたたいた。

「どうするんだ。このままじゃいけねえだろう。このままじゃ……」

嘉兵衛の再びの言葉に、伝次郎のなかで眠っていたなにかが目覚めた。

(たしかに、このままじゃすまされない)

伝次郎は口を真一文字に結んで、窓の外を見た。それからゆっくり、嘉兵衛に顔を戻した。嘉兵衛も見返してくる。その目尻にある無数のしわが深くなった。

「わかった。おれがこの一件なんとかしよう。良助の死が無駄にならないように、良助のためにも敵を討ちましょう」

「そうこなくっちゃ伝次郎じゃねえよ」

「ただし、このことかまえて他言無用です」

伝次郎は急に武士言葉になって、嘉兵衛に釘を刺した。

「ああ、わかっているよ」

第三章　扇橋

一

「反物屋の手代だった」

酒井彦九郎は同輩の松田久蔵《まつだきゆうぞう》の顔を見て、語尾を上げた。

「そうだ、元大坂町の上総屋という店の忠助《ただすけ》という手代だ。危うく無縁仏になるところだったが、魚屋の棒手振が気づいたのだ。あらためて上総屋は葬儀を出すという」

久蔵はふうと息を吐いて、ぽんと両膝をたたいた。彦九郎とは年もいっしょの同輩だった。彦九郎とちがい、色白で細身の男だ。

「なぜ、殺されたのだ？」

彦九郎は久蔵の整った面立《おもだ》ちを見た。

「それはこれからだ。だが、おまえの調べはどうなのだ？」

「大方わかっちゃいるが、賊のことはさっぱりだ。だが、忠助という手代殺しと、鶴屋文五郎の一件はつながっている気がする」

「…………」

久蔵は静かな眼差しを彦九郎に向けた。つぎの言葉を待つ目をしている。

ふたりは竈河岸の茶店の縁台に座っているのだった。入り堀の向こうは、鶴牧藩水野家の下屋敷で、屋根の向こうに白い雲が浮かんでいた。空の大八車が前を通りすぎて、荷揚場のところで止められた。

「鶴屋文五郎は、いっしょに殺されたお喜久の家に小金を隠していた。小金といっても十両、二十両というケチな金じゃねえ。おそらく四、五百両はあっただろうと、鶴屋の奉公人たちがいう。もっと多かったか少なかったか、それはわからねえが、賊は鶴屋の金を盗むために、文五郎と妾のお喜久を殺した。そう考えるのが筋だし、外道のすることだから大方そうだろう」

「あの家は鶴屋がお喜久に借りてやっていたのか？」

「囲うために借りていた家だ。店とちがって戸締まりも雑だ。奉公人もいない。いるのは文五郎とお喜久のみだ。押し込むのは造作《ぞうさ》なかっただろう」

「金めあてなら、鶴屋に押し込んだほうが稼げたのではないか……」

彦九郎は久蔵にそれはちがうと、首を振った。

「鶴屋に行ってみりゃわかるが、あの店に押し込むのは容易じゃねえ。住み込みの奉公人は七、八人いるし、文五郎の女房と子供もいる。おまけに、あそこの金蔵《かねぐら》は厳重だ。めったなことじゃ破られはしない」

「鍵を使えば……」

「むろん、文五郎を脅して金蔵の鍵を使って開けることもできただろうが、賊はそうしなかった。稼ぎは少なくても、より安全に盗むことを考えた。そういうことだろう」

ふむと、うなった久蔵は、茶を口にして思案顔になった。

そのまま二人は、しばらく黙り込んだ。

「なにか気になることでもあるか……」

彦九郎は一方を見ている久蔵に顔を向けた。

「人手が足りなかったのじゃないか」

「人手……」

「そうだ。大金を稼ぐなら、御蔵前の店を襲うほうが理にかなっている。だが、店には住み込みの奉公人や家族を合わせて十二、三人がいる。そうだな」

彦九郎はうむと、うなずく。

「そりゃあ、皆殺しにして盗む手もあるが、十人以上いる人間を騒ぎ立てられずに殺すのは、なかなかできることじゃない。討ち漏らせば逃げるものがいる。そうなったら、金どころではないはずだ」

「……なるほど」

賊は大金をあきらめ、まずは小金を手にしたということか。小金といっても大金なのではあるが……。彦九郎はぬるくなった茶を飲み、帯から煙管を抜き取って弄《もてあそ》んだ。煙草を喫《の》むつもりはない。なんとなく手持ち無沙汰になっただけだった。

「舟に放り込まれて死んでいた手代の忠助だが、賊とつながりがあったのだろうか」

彦九郎は久蔵を見た。

「お喜久は上総屋から反物をよく買っていたらしい。その折りに呼ばれるのが忠助だったという。店の者がいうには、お喜久は忠助に気があったんじゃないかと……」

「年寄りの鶴屋より若い忠助をたまにはってことかい？」

「まあ、それはわからぬ。忠助がお喜久にいい寄っていたのかもしれぬが、いまとなっては調べることができぬ。二人とも死んでいるのだからな」

「……たしかに」

「だが、忠助が賊に脅されて、お喜久の家のことをあれこれ調べて教えた。あるいは賊の手引きをしたというのは考えられる」

「そうだとすりゃ、忠助は賊に利用され、用がすんだのでお払い箱になった」

「悪党のことだ。十分考えられる。それに分け前も増える」

「くそッ、人の命を何だと思ってやがる」

彦九郎は目をぎらつかせて遠くの空をにらんだ。

二

「とにかくこの一件、おれとおまえが請《う》け負《お》うことになった。なにがなんでも賊を引っ捕らえなければならぬ」

久蔵が口を開いた。

「あたりめえだ」

彦九郎はぐびりと茶を飲みほした。それからふと思いだしたように、久蔵に顔を向けた。

「伝次郎に会ったぜ。いや、会ったというのではなく、見かけたということだが……」

久蔵の眉がぴくりと動いた。

「船頭をやっているらしいな」

「腕のいい船頭だと評判だ」

「そうか。静かに暮らしているのか……」

久蔵はなつかしそうな表情になり、

「いい男だったな」

と、感慨深そうにつぶやく。

「うむ、なんとかしてやりたかったのだが……」

いまさらのように低声《こごえ》を漏らした彦九郎は、伝次郎を救済するために奉行に談判しに行ったときのことを思いだした。


それは伝次郎の罷免を取り下げてもらえないかという相談であった。彦九郎だけではなかった。久蔵もいたし、中村直吉郎《なおきちろう》もいっしょだった。伝次郎と、津久間戒蔵を捕らえるために、大目付・松浦伊勢守忠の下屋敷に入った者たちだった。

三人は南町奉行・筒井和泉守政憲の前で深々と頭を下げると、伝次郎の罷免を取り下げ、情状酌量を願い、再度のお取り立てを懇願した。

筒井和泉守は長い間黙り込んでいた。訴える彦九郎の耳には、表の庭でさえずる雀の声しか聞こえなかった。

――下情《かじょう》に通じ、部下を統率して市民を愛育し、少しも私心がない。

筒井和泉守は、そういう町奉行である。

それゆえに、彦九郎たちは恩情を期待していた。

「そのほうらの心情は手に取るようにわかる」

やがて筒井和泉守が口を開いた。苦しそうな声であった。

「だが、もう決まったことなのだ。わしとしてもあのもののことは惜しくてしかたがない。なにを隠そう沢村伝次郎を定町廻りに登用したのは、このわしである。沢村がいかほどの才覚を持ち合わせているか、わしもよく承知しておる」

町奉行所の三廻り（定町廻り・臨時廻り・隠密廻り）は、経験や能力はいわずもがな、人としての器量を持ち合わせていなければならない。よって、多くは四十過ぎの年季の入ったものたちが抜擢される。

しかしながら伝次郎は三十五という若さで大抜擢をされた。町奉行自らの推薦であったから、誰も文句をいうものはいなかったし、伝次郎は筒井和泉守の期待に応えるはたらきをした。それには、当初見下したところのあった彦九郎たちも舌を巻かざるを得なかった。

二年間もわからなかった火消し殺しの下手人を挙げ、上野広小路《うえのひろこうじ》の大店・松坂屋の娘を攫《さら》って金を脅し取ろうとした男を捕縛し、無事に娘を救い出したこともあった。夏の大水のときに流された旗本の子供を、荒れる大川に飛び込んで救出したこともあった。

「しかしながら、そのほうらの申し立てを受けるわけにはいかぬのだ」

長い間黙り込んでいた筒井和泉守は、彦九郎たちの訴えをしりぞけた。

「此度は涙を呑んで、沢村伝次郎の願いを聞くしかなかった。もし、あのものが辞さなければ、そのほうらの誰かひとりを同じように扱わなければならなかった。いわせてもらうが、沢村を救う気があったならば、なぜ早く自分を罷免してくれと訴えてこなかった」

彦九郎たち三人は、はっと顔をこわばらせた。心の臓を冷たい槍《やり》で抉るような言葉だった。みんな、頭をあげることができず、目の前の畳の目を凝視しているしかなかった。

「沢村はおぬしらの身を救ったのだ。そして、このわしの立場もよくわかってくれての考えだったのだ。わしは此度の責任をひとりで被ろうとしたが、それは許してもらえなかった。あくまでも大目付の屋敷に入ったものが責めを受けなければならぬと、大目付・伊勢守は頑なである。そのことを見越して、先に動いたのが沢村であった。まことにもって思慮の深い男だ」

彦九郎は穴があったら入りたくなった。

「そういうことであるから、おぬしらには沢村の気持ちを酌《く》み取って十分なはたらきをしてもらいたい。そうでなければ沢村の気持ちを無にすることになる。……そうではないか」

ははあ、と三人は額を畳にすりつけるしかなかった。

筒井和泉守の役宅を辞した三人は、同心詰所に引き取り、長い間黙り込んでいた。重苦しい空気がそこにあった。

「やつは災難だったな」

ぽつりという中村直吉郎に、彦九郎は厳しい目を向けた。

「そんなことで片づけられるか」

「やつの一身もそうであるが、家族のことだ」

彦九郎は伝次郎の妻子と中間・小者が殺されたことを知って、憤りを鎮めることができなかった。たしかに災難といえば災難であった。いや、悲劇である。

「それは……」

彦九郎は口をつぐんだ。

「とにかくおれたちはやつに助けられたようなものではないか。だったらなにかしてやれることはないか。せめてもの償いではないが、やつの力になってやろうではないか」

直吉郎は彦九郎と久蔵の顔を交互に見た。

「できることはひとつしかない」

久蔵がいってつづけた。

「おれたちは伝次郎の敵を知っている。津久間戒蔵だ。やつのことを忘れてはならぬ。もし、やつが江戸に潜伏しているなら草の根わけてでも探しだし、伝次郎の前に突きだすのだ」

「うむ、それは当然のことだ」

直吉郎が同意した。

「おれもそれは考えていたことだ」

と、彦九郎もいった。

「だが、戒蔵を追う手掛かりがない」

直吉郎がいうのへ、

「焦ることはなかろう。あやつは国許には帰れぬ身だ。どこでなにをしているか知らぬが、江戸に戻ってくることもあろう。そのときを待つのだ」

と、久蔵がいう。

それで話は決まった。

「よし、金打《きんちょう》だ」

久蔵のかけ声で、三人は互いの脇差を打ち合わせて固い約束をした。以来、三人の懐には津久間戒蔵の人相書きがしまわれている。


「さあ、おれは上総屋でもう一度聞き込みをしてくる」

久蔵の声で、彦九郎は現実に引き戻された。

「うむ、おれも鶴屋でもう一度話を聞かなきゃならねえ」

「なにかわかったら教えてくれ」

彦九郎はそのまま久蔵を見送った。

「旦那、これから御蔵前へ」

そばに控えていた万蔵が声をかけてきた。

「うむ。鶴屋に恨みを持っている賊の仕業ということもある。念には念を入れる」

彦九郎は差料《さしりょう》をつかむと、

「ついてこい」

と、条吉にも声をかけて立ちあがった。

三

伝次郎は舟をゆっくりと岸につけた。雁木の杭に舫綱をつなぎながら、あたりに鷹のような視線を這わす。不審な男の姿はない。良助と仁三郎の舟もない。

とにかくしばらくは舟を使っての見廻りをするしかないと考えていた。

河岸場にあがり、忌中の貼り紙をしてある川政をやり過ごし、深川元町の飯屋に向かった。毎日ではないが、朝昼晩と飯をすます店があった。

暖簾と看板に「めし　ちぐさ」と仮名文字で書かれている。女将の名が千草《ちぐさ》だから、そのまま店名にしてあるのだ。

暖簾をくぐっていつもの小上がりに腰を据えると、お幸《さち》という女中がやってきた。

「今日はお早いですね」

ニコニコした顔で茶を置く。ほっぺが無花果《いちじく》のように赤く、可愛らしい鼻がぷいっと空を向いている。十七歳で屈託のない女だった。

「暇だから、早めに腹ごしらえだ」

「なんにしますか？」

「まかせる」

伝次郎はいつもそう答える。これが千草だと、昼はなにを食べた、朝はなにを食べたと聞いてくるが、お幸は必ず注文を聞くのだった。案の定、板場から顔をだした千草が、

「朝はなんでした？」

と、聞いてきた。

「茶漬けをすすり込んだだけだ」

「それじゃ魚の煮付けをお出ししますわ」

千草は板場に引っ込む。

店は六坪ほどだ。土間席には幅広の縁台が置いてあり、窓際に狭い小上がりが縦に延びている。小上がりに座れるのは六人ほどだ。

店には料理の短冊《たんざく》もあるが酒も出すから、その短冊も壁に掛けられていた。

出てきたのは鰈《かれい》の煮付けと、香の物。それにみそ汁である。煮付けは甘すぎず辛すぎずという味である。元貧乏御家人の娘だった千草は、武家奉公で料理を覚え、それから鐵三《てつぞう》という指物師に嫁いだのだった。

ところが鐵三は三十三歳の若さで脳溢血《のういっけつ》で倒れた。四年前のことである。千草は鐵三が残した金で飯屋を開いているのだった。

普段は出された料理に舌鼓を打ち、これはうまい、この味は何ともいえねえなどと感想を述べる伝次郎だが、その日はもくもくと飯を平らげた。頭には良助を殺した下手人をどうやって探すかという考えがある。

良助はひょっとすると自分の舟を見つけたのかもしれない。もし、そうであれば、殺された近くにその下手人がいると見当をつけるべきか……。さっきから引っかかっていることだった。

舟泥棒は舟の持ち主が現れたので、慌てて良助を殺《あや》めたのかもしれない。そうであれば、下手人はあの近くにいると考えていいだろう。

(見張るか……)

伝次郎は飯を食いながら考える。

「はい、お茶をどうぞ」

いつの間にかそばに千草が座っていた。伝次郎は出された茶を口にした。

「うまかった」

「ずいぶん思い詰めた顔をして食べるから、心配になりますよ。なにかあったんですか？　まさか嘉兵衛さんがよくないとか……」

千草は睫毛《まつげ》を動かして聞く。窓から入り込む日の光を受けた千草の頬は白い。まだ二十八歳だから容色の衰えはない。

「医者から酒煙草は止められているが、頑固者だから困ったものだ」

「きつくいってやればいいのに」

「いっても無駄だと千草もわかっているだろう」

伝次郎は呼び捨てにする。

「そうね。体が一番だと本人もわかっているくせにね」

「酒を飲むな薬を飲めとうるさくいえば、へそ曲がりだから聞きはしない。黙っているのが一番だ。もううるさくいうのはやめた」

伝次郎は手拭いで口をぬぐって、もう一度茶に口をつけた。

「年寄りは天《あま》の邪鬼《じゃく》ですから……」

「馳走になった」

伝次郎が雪駄を履くと、

「今夜見えますか。蛤鍋《はまぐりなべ》を作ろうと思っているんですけど、伝次郎さん好物でしよう」

と、千草が口許に小さな笑みを浮かべる。その瞳が是非来てくれといっていた。

「馳走になりたいところだが、今夜は無理だ。通夜がある」

「あら、誰の?」

「川政の良助だ。誰に殺されたのか知らないが、今朝死体であがってな」

「あら……」

千草は顔をこわばらせた。近くにいたお幸も驚いた顔をしていた。

「むごいことをするやつがいる」

伝次郎はやるせなさそうに首を振って「ちぐさ」を出た。

そのまま舟に戻り、雪駄から足半に履き替える。

舟を出そうとしたとき、行徳船《ぎょうとくぶね》がやってきて、大川のほうへ向かった。船には塩や米の入った俵物が積んであり、行商人らしい客が五人ほど乗っていた。

行徳船が大きな波を残していくので、伝次郎の猪牙舟が左右に揺れ、舟縁《ふなべり》がぴちゃぴちゃと音を立てた。猪牙舟は長さ二丈四尺（約七メートル二七センチ）、幅四尺五寸（約一メートル三六センチ）だった。

舫綱を外し、棹で岸を押した伝次郎は、舟を東に向けた。良助の死体が見つかったのは、横川と小名木川が交叉する、猿江河岸のそばだった。猿江橋の東詰《ひがしづめ》には、通船を監視する舟会所《ふなかいしょ》が置かれている。

河岸地に舟を止めた伝次郎は、通りに上がって舟会所に入った。小役人が二人詰めているだけで、あとは町雇いの番人が三人いる。中川の船番所とちがい小さな屋敷である。

のっそりと入った伝次郎に、役人と番人が目を向けた。

「お訊ねしたいことがあります」

伝次郎はひとりの役人を見ていった。

「今朝、この前の川で船頭の死体が見つかりましたが、昨夜、争うような声やあやしい人間を見ませんでしたか？」

そういって、番人たちにも目を向けた。

「おぬしは……」

小柄な役人が射るような目を向けて聞く。伝次郎は動じることなく見返す。

「良助の船頭仲間です」

「すると、川政の船頭か……」

伝次郎はそれには答えず、

「どうです。気になるようなことはありませんでしたか？」

と、質問をたたみかけた。

役人はもうひとりの役人と顔を見合わせ、

「それなら本所方が調べている。わしらはなにも気づいたことはない」

と、あまり熱心でないことをいう。

「夜の見張りはどうなっています？　昨夜川に目を光らせていたのは……」

伝次郎は役人を見、番人たちを見た。

「見張りは怠っておらぬ。なにもあやしげなものは見ていない」

さっきの役人がうるさそうな顔をしていった。

額面どおりに言葉を信じれば、殺しはこの近くでは起きなかったということだ。

すると、もっと東のほうかもしれない。

「そうですか。お邪魔しました」

「待て。きさま、名は？」

呼び止められた伝次郎は役人を振り返った。

「伝次郎と申します」

そういって、軽く頭を下げると、舟に戻った。

四

日はまだ高い。日増しに水がぬるんでいるのがわかる。

伝次郎はゆっくり棹を使って舟を東に向けた。そのまままっすぐ行けば、中川《なかがわ》に出る。しかし、その前には中川の船番所がある。さっきの舟会所とは違い、気の抜けた見張りはしていないので、舟泥棒が中川まで行ったとは思えない。

川の両側にはしばらく大名や旗本の屋敷がつづく。それらの屋敷が切れると、左手に町屋が現れ、綾部《あやべ》藩下屋敷から伸びる松が、水面にその枝振りを映す。

ちゃぽっ。伝次郎は棹をあげて、反対側の舷側に移す。棹先からつーっとしずくが落ち、静かな水面に波紋を作る。

舟を止めたまましばらく考えた。静かになった水面に、自分の顔が映っている。ほっかむりのなかにある強情そうな顔には、無精ひげが生えている。

（ずいぶん人相が悪いんじゃないか。目つきも刺々《とげとげ》しい……）

ごっつい掌でひげをさすって、ふんと、自嘲《じちょう》し、わざとニッと笑ってみた。そんな自分のことを馬鹿馬鹿しく思い、空を見あげ、周囲に視線をめぐらせる。

良助はなぜ殺されなければならなかった。また、下手人はなぜ良助を殺したのだろうか。死体を隠さずに川に浮かしたのは、なぜだ。

良助は自分の舟を見つけたのではないだろうか。そのとき舟泥棒と出くわした

……。そうではなく、良助をひそかに恨んでいるものがいて、その機を窺《うかが》っていた。だが、良助は人に恨まれるような男ではない。少なくとも、伝次郎が知っているかぎりでは……。いや、自分の知らないことがあるのかもしれない。否定はできない。

伝次郎は腰をおろして考えた。荷舟がやってきたので、邪魔にならないように自分の舟を岸に寄せる。水面下で揺れている水草の間に小魚の姿がある。さっ、さっと機敏に動いて、見えなくなった。

(やはり、下手人が先だ)

胸の内でつぶやいた伝次郎は顔をあげて、昨夜の良助のことを考えた。良助は陸《おか》を歩いて舟を探していた。すると、自分も陸を歩くべきか。そう考えた伝次郎は、適当なところまで舟を動かして、河岸道にあがった。

良助は舟を探すために川縁を歩いていたはずだ。しかし、小名木川は人目につきやすい。舟泥棒が小名木川に舟を置いていたとは考えにくい。

(すると、横川か……)

伝次郎は西に足を向けた。さっきの舟会所のほうへである。横川だと、どっちだ。

歩きながら自分に問いかける。舟会所をやり過ごし、猿江橋の上で佇《たたず》む。横川に架かる橋だ。北か南かと視線をめぐらせる。

ここは勘をはたらかせるしかない。良助を殺したのが舟泥棒だとするなら、舟を隠しているはずだ。すると、北より南に行ったほうが都合がよい気がする。そっちには木場があり、六万坪や海がある。

（海……）

まさかと思うが、橋をわたってさらに新高橋をわたり、亥ノ堀沿いを歩く。鷹のような目を光らせ、河岸場につけられている猪牙舟に目を注ぐ。そうやって、三十間川まで行った。その先は六万坪と木場である。

舟を隠そうと思えば、いくらでもその場所はある。良助を殺したのが舟泥棒ならば、簡単には見つけられないところに隠しているはずだ。それも二艘なければならない。

良助と仁三郎の舟。そのとき、はたと思った。

舟泥棒はひとりではない。複数だ。すると、良助を殺したのはひとりではなく二人、あるいはもっといたのかもしれない。

伝次郎の目がギラッと光った。下手人がひとりでなければ、徒党を組んでいるかもしれない。すると、良助の死体が見つかった近くをうろついているのではないか。

(見張ろう)

伝次郎は舟探しを中断して、自分の舟に戻った。それから、舟を舟会所に近い猿江河岸につけた。煙管を吹かし、じっと通りに目を注ぐ。

刻々と時が過ぎる。雲に遮られていた日が出ると、川面がきらきらと光った。日が雲に隠れると、川面は鏡のように周囲の景色を映した。

(昔はこんな見張りを何度もやったな……)

暇にまかせて、来し方に思いを馳せた。すると、なぜか自分を抜擢した南町奉行・筒井和泉守政憲の顔が脳裏に浮かんだ。

筒井和泉守に初めて声をかけられたのは、伝次郎が吟味方《ぎんみがた》で下役同心を務めているころだった。町奉行というのは午前中は役宅から登城し、諸処の用事をすませて、午後になって町奉行所に帰り、訴訟事の吟味や裁きにあたる。その補佐をして取り調べをするのが、吟味方であった。

伝次郎は同心であるから、上役の与力に申しつけられた雑務を整理したり、例繰《れいくり》方《かた》に行って過去の判例と照らし合わせたりしていた。いわば内役といわれる事務方である。

「そのほう……」

突然、声をかけられたのは、筒井が下城して町奉行所に入ってすぐのことだった。そこは用部屋の前で、伝次郎は廊下に平伏した。

「沢村伝次郎と申したな」

「はは」

「吟味方でのはたらき、なかなかそつなくこなしておるようであるが、そのほう一刀流の達人だと耳にいたしたが……」

「達人などとは畏《おそ》れ多くも、ただ体が鈍ってはいけませぬゆえ、鍛錬をつづけているだけでございます」

「よい心がけだ。そのほう、なかなか機転も利くようだし、腕も立つとなれば内役では物足りぬのではないか」

「いえ、決してそのようなことはございません」

なった。

「まあ、よい」

そのときはそれだけのことだったが、折りにふれて筒井は話しかけてくるようになった。

そんなことが度々あると、伝次郎も筒井に思慕と畏敬《いけい》の念を抱くようになり、また筒井はどこから聞いてくるのか、

「伝次郎、先だっての剣術試合では見事なはたらきをしたそうであるな。わしも一度おぬしの腕を見てみたいものじゃ。なんでもおぬしに敵《かな》うものはいなかったとか……」

と、気さくに声をかけてきた。

「運がよかっただけでございます。いつもそうだとはかぎりません」

「謙遜せずとも、みな聞こえているのだ」

どうやら筒井は伝次郎のことをひそかに調べているようであった。そうなると、これは粗相《そそう》があってはならぬと、伝次郎はさらに身を引き締めて務めに励んだ。上役の与力たちも、その生真面目な仕事熱心さを褒《ほ》め、また大事に扱ってくれた。

「伝次郎、いずれお取り立てがあるやもしれぬぞ」

と上役にいわれることがあったが、同心から与力への昇進はかなうことではないし、かつてなかったことである。取り立ててもらえるとしても、高が知れているので伝次郎も過分な期待はしなかった。

ところが、ある日突然、筒井の役宅に呼ばれ、

「伝次郎、内役ではもったいない。おぬしは外役が向いていると見た。また、永年吟味方を務めておるゆえ、訴訟や罪人の扱いをいかにすべきか、そのこともよくわきまえているはずだ。ついてはおぬしを定町廻りにまわしたいと考える」

このときほど驚いたことはなかった。定町廻りといえば、同心の花形である三廻りのひとつである。しかも有能なものしか登用されないし、多くは四十過ぎの年季の入った同心である。当時、伝次郎は三十半ばであった。これは異例の抜擢《ばってき》である。

「わたしごとき若輩者に務まるでしょうか」

伝次郎はそっと顔をあげた。筒井は口許に柔和な笑みを湛え、

「その目はやってもよいといっておる」

と、さも楽しそうに扇子《せんす》で膝をたたき、さらに言葉を足した。

「よいか、近々そのように取りはからうゆえ心しておけ」

それから数日もせずに、伝次郎は役替えとなり、同輩の同心たちが羨《うらや》む定町廻り同心を務めることになった。

（あのときは有頂天になったものだが……）

過去に思いを馳せていた伝次郎は、我に返って苦笑し、煙管に火をつけた。

一刻ほどそのまま舟で粘り、今度は河岸地にあがった。扇橋そばの茶店の縁台に陣取り、通行人に目を光らせる。二人組や三人組を見るたびに、猜疑《さいぎ》のこもった目を向ける。

そうやっているうちに日が傾き、影が長くなった。

佐吉の舟に乗っていた死体のことを、ときどき思いだした。死体はなぜ、盗まれた佐吉の舟に乗せられていたのだ。解せないことだが、そのことと良助殺しはつながっている気がする。いや、つながっていなければならないと思う。

夕七つ（午後四時）の鐘を聞き、それから半刻ほど見張りをつづけて引きあげることにした。無駄な骨折りのようだが、伝次郎は決してそうは思わない。地味な探索がどれだけ大切かはよくわかっている。あとは手掛かりになる種（情報）がほしいだけだ。

それは良助の通夜で得られるかもしれないという期待があった。

その夜、川政の二階座敷で良助の通夜が営まれた。

早くに父親を亡くした良助の家族は、母親と年の離れた妹だけだった。思いもよらぬ我が子の死に接した母親は、げっそりやつれた顔で肩を落として、何度も涙をぬぐっていた。十三歳だという妹は悔しそうに唇を引き結んで、悲しみを嚙みしめていた。

座敷にはお香の煙が靄のように漂い、僧侶の読経《どきよう》がつづいていた。川政の主である政五郎は気っ風《きぷ》のよい男だから、酒や料理がふんだんに用意されていた。

「伝次郎さん、知っているかい。良助が親孝行な男だったってこと……」

佐吉が酒で赤くなった目を向けてきた。

「耳にはしている」

伝次郎は酒を舐めるように飲んでいた。ころ合いを見計らって、また見張りに行かなければならない。

「毎月、決まって母親に金をわたしていたんだ。てめえは食うものを控えて、着るもんだっていつも同じだった。暑かろうが寒かろうが足袋も股引も穿《は》かねえで辛抱して、親と妹のために精出していたのに……」

伝次郎はうち沈んでいる良助の母親を眺めた。

「下手人を殺してやりてえよ。ちくしょう……」

佐吉は涙をぬぐって酒をあおる。

「良助にかぎってそんなことはないと思うが、良助に借金があったとか揉《も》め事を起こしていたなんてことはないか」

「やつに……」

佐吉がにらむように見てきた。

「あるわけねえよ。やつは気の小せえ男だ。人と揉めるなんてことはまずなかった。揉めるようなことがあれば、先に謝るのがやつだった。からかうやつはいても、良助を恨んだりするやつは誰もいやしねえさ。博奕《ばくち》もやらなきゃ、女遊びもしねえし、酒だって付き合い程度だ。伝次郎さんだって、知ってるだろ」

予想どおりの答えが返ってきた。

おそらく他の船頭仲間に聞いても同じようなことを口にするだろうし、伝次郎自身、良助のことは少なからず知っている。

しかし、良助を死に追いやったという後悔の念がある。

昨夜、もっと強く引き止めるなり、ついていってやればよかったのだ。そのことを考えると悔やんでも悔やみきれないものがある。

一方の席で高笑いが起きた。酒を飲んだ嘉兵衛がご機嫌になっていた。伝次郎はため息をつくしかない。

しばらく様子を見てから、そっと座敷を抜けて舟に戻った。そのまま、扇橋のほうへ向かう。良助が殺されたのは、人気のない夜である。それに舟泥棒も昼間より夜のうちに動くのではないか。

それからなぜ、良助の死体を隠さずに川に放ったのだという疑問がある。河岸場で殺して突き落としたのか、それとも舟の上で殺して落としたのか。

しかし、殺しが露見しないように死体を隠すのが罪人の常だ。それなのに下手人は、そのことに頓着《とんちゃく》していない節がある。人目があったから、隠す暇がなかったのか。死体が見つかっても、捕まらないという自信があったからなのか。

あれこれ考えながら舟を操って、扇橋のたもとに舟をつけて河岸場にあがった。

そのまま小間物屋《こまものや》の軒下で、通りを見張った。

酔った声が近くの居酒屋から漏れていた。裏店のほうから痴話喧嘩の声も聞こえた。

空に風の冷たさをいや増す、冴え冴えとした月が浮かんでいる。

伝次郎は船頭半纏の襟《えり》をかき合わせた。そのとき、ひとりの男の視線を感じた。扇橋をわたってくる男だ。胸元を広げ、肩で風を切るようにして歩いてくる。

(どこかで会った男か……)

そう思ったが、思いだせなかった。

男はにらむような一瞥《いちべつ》を伝次郎に送ると、なに食わぬ顔で歩き去った。そのまま東亥堀河岸の通りを南に歩いて行き、途中で左に切れて見えなくなった。

誰だったかと考え、昼間顔を見たのではないかと、ぼんやりと思った。

五

蛇崩の伴蔵は、その日、朝早くから家を空けていたが、遠くには離れなかった。

朝のうちは近所で家を見張り、午後からは家の戸口の見える団子屋や蕎麦屋で暇をつぶした。面倒なことをするのは、船頭殺しの下手人を探しに来る、本所方の顔を見ておきたかったからだ。

もちろん船頭を殺した峰次には家を空けさせていた。本所方がやってきたのは、昼下がりだった。道役と小者を連れていたが、とくに怪しむふうでもなく、ほどなく家を出ていった。しばらくして留守を預からせていた手下がやってきて、

「たいしたことは聞かれませんでした」

と、安心顔でいった。

どんなことを聞かれたかと訊ねると、

「昨夜、扇橋の近くで殺しがあったが、知っているかっていうんで、へえ、そんな物騒なことがあったんですかと、とぼけてやりました」

と、おどけたようにいう。

「他にも聞かれただろう」

「ええ、下手人は男か女かわからないが、妙な素振りをするものを見たら、近くの番屋に知らせろって。それから、この家の主はどこへ行っているんだと聞くんで、

十日ばかり旅に出ているといっておきました」

「おれがなにをしているか聞かれなかったか？」

「ええ、聞かれたんで、お頭のいいつけどおり反物の仲買だと……」

「それで？」

「それだけです」

それが昼間のことだった。

それでも伴蔵は用心深く、家には近づかなかった。やがて日が暮れると、近くの居酒屋にしけ込んで、その日ずっと付き合っている村田小平太と酒を飲んでいた。

もう大丈夫だろうと思い、家に帰ったのは宵五つ（午後八時）前だった。他の手下はまだ戻ってきていない。家には小平太と留守を預からせた兵三《へいぞう》という男しかいない。

「明日、仲間が集まったらつぎの仕事にかかる。船頭殺しで町方がうろついているから、ここに長居は禁物だ」

伴蔵は兵三の出した酒を受け取って、煙管に火をつけた。

「つぎは決まってるんだな」

小平太が目をすがめて聞く。

「目星はつけてある。もう少し様子を見るつもりだったが、そうもいかなくなった」

伴蔵が煙管を吸ったとき、戸口がたたかれた。

はっと三人は表情をかためた。また、町方かもしれないと思ったからだ。だが、すぐにひそめられた仲間の声が聞こえた。

「なんだ、驚かせやがって……開けてやれ」

伴蔵は胸をなで下ろして兵三にいいつけた。やってきたのは、痔持ちの喜作だった。

「お頭、妙なやつがうろついているんです」

と、喜作は顔を合わせるなりいった。

「どんな野郎だ？」

「へえ、それが昼間も見かけた野郎で船頭のなりをしてやがんです」

「船頭だと……」

「ひょっとすると町方の手先かもしれません。いまも扇橋のそばに居座っています。どうも見張っている様子なんです」

「気になるな……」

伴蔵は煙管をくわえたまま宙を凝視して、

「村田さん、喜作といっしょにそいつのことを調べてくれねえか。この辺をうろつかれちゃ具合が悪い。場合によっちゃ始末したほうがいいかもしれねえ。だが、この近所でやるんじゃねえよ」

伴蔵は小平太と喜作が出ていくと、大きなため息をついた。

「峰次の野郎が、殺しなんかやるからこういうことになるんだ」

独り言のようにいうと、兵三が酌をしながら、

「でも舟を見つけられたんですから、やるしかなかったんじゃ……」

と、遠慮がちにいう。

「やるにしてももっと知恵をまわさねえからだ。舟が見つけられたから、あっさり殺すってえのが気にくわねえ」

そういうと、だんだん峰次に腹が立ってきた。

鶴屋文五郎を襲ったときもそうだった。引き込みに使った手代の忠助を殺したとき、峰次はよりによって自分たちの乗る舟に死体をのせてしまった。仲間が気味悪がるので、そのまま別の舟を拝借して逃げたのだが、あのときはもっと頭をめぐら

すべきだったのだ。

「あの野郎、今度どじ踏みやがったらただじゃおかねえ」

伴蔵は酒をあおった。

六

伝次郎は扇橋のそばを離れ、亥ノ堀河岸を流し歩いた。深川の外れだから、夜《よ》商《あきな》いをする店は少ない。思いだしたように提灯や軒行灯の灯りを見る程度だ。

深川石島町まで来たとき、さっき橋をわたっていったあまり目つきのよくない男が消えたあたりで足を止めた。どこの路地だったかはっきりしないが、このあたりでさっきの男は曲がったのだった。

良助の一件には関係のない男かもしれない。通りすがりに眼《ガン》を飛ばしてくる男はひとりや二人ではない。それに、在《ざい》から江戸に流れてくる始末の悪い人間があとを絶たない。単なる思い過ごしだろうと思って足を進めた。

河岸場につながれている舟を見てゆきながら、すれ違う男たちにも注意の目を向けた。しかし、川政の舟を見つけることもできなければ、これといって気になる男にも出会わなかった。

雲の流れが速くなり、風が出てきた。もう、五つ半（午後九時）は過ぎただろう。伝次郎はまた明日にしようと舟に引き返した。

夜の小名木川は静かだ。高橋に近づくにつれ、川筋にある料理屋や居酒屋の灯りが目立つようになり、人の姿も多くなる。それでも昼間と比べると格段に少ない。そうやって河岸道を眺めながらも、伝次郎は河岸場にある猪牙舟に注意の目を向けていた。気になれば、近づいて焼き印をたしかめる。

だが、それはすべて徒労であった。川政の船着場に猪牙舟をつないで、雁木をあがった。川政の二階座敷にはまだ灯りがある。居残りが良助の思い出話をしているのだろうが、伝次郎はまっすぐ帰ることにした。

ちらりと、嘉兵衛のことが気になったが、酔いつぶれたとしても川政の船頭たちが面倒を見てくれるはずだ。

そのまま、自分の長屋に向かう。角を曲がると浜松《はままつ》藩中屋敷の裏塀がずっと延びている。藩主は老中・水野越前守忠邦《えちぜんのかみただくに》である。闇に抱かれた通りは暗い。

それは自分の長屋が近づいたときだった。背後に迫る人の影を感じた。さっと振り返ったとき、闇のなかで白刃が閃《ひらめ》いた。

伝次郎はとっさに、後ろに跳んでかわしたが、相手は休まずに斬撃《ざんげき》を送り込んできた。これもさがってかわすしかなかった。

「なにやつッ！」

鋭く誰何《すいか》したが、相手は無言のまま一文字に斬り込んできた。

伝次郎は無腰《むごし》だった。舟にはいつも刀を菰に包んで置いてあるが、その日は必要を感じなかったので家にある。

相手はほっかむりをして顔を隠していた。伝次郎に間合いを取られると、八相《はっそう》に構え、じりじりと詰めてくる。

伝次郎はなにか武器になるものがないか、視線を忙《せわ》しく動かしたが、代わりになるようなものはなかった。

曲者《くせもの》はすり足を使いながら、用心深く詰めてくる。隙《すき》のない動きである。伝次郎の背中が粟立《あわだ》った。脇の下に冷たい汗がにじむ。

伝次郎の背後は、水野家の長塀である。いつの間にか追い込まれる形になっている。月は屋敷の向こうにあり、そこは一層闇が濃い。

曲者の足指の爪が地面を噛み、ついで右足に力が入るのがわかった。

伝次郎はとっさに右に半身をひねりながら、腰間からすくいあげられる一撃をかわしたが、紙一重のところだった。

転瞬、男の一撃が袈裟懸けに振り下ろされてきた。伝次郎はたまらず尻餅をつく恰好《かっこう》でうしろに倒れ、そのまま二回転して中腰になった。

曲者がほっかむりのなかで、にやりと余裕の笑みを浮かべたのがわかった。伝次郎を見くびっているのか、ゆっくり近づいてくる。青眼《せいがん》の構えから、脇をあけた地《じ》摺《ず》り下段《げだん》に変える。

伝次郎は生つばを呑み込んだ。ゴクッと、いう音がやけに耳にひびいた。曲者が地を蹴って宙に飛んだ。一足飛びに脳天を断ち斬るつもりだ。

だが、その瞬間、伝次郎は転んだときにつかんだ小石を相手めがけて投げるなり、左に跳んで振り下ろされる太刀をかわした。

男が小さなうめきを漏らした。投げた石が肩のあたりにあたったのだ。そこを右手で押さえている。だが、討ち漏らすまいと再度の攻撃を仕掛けてきた。

伝次郎は逃げた。長屋の路地に飛び込むと、どぶ板を踏み割りながら駆けた。積んである薪束《まきたば》をひっくり返し、一本の薪ざっぽうをつかんで追ってくる曲者に投げつけた。

「辻斬りだ！　辻斬りだ！」

表に飛びだして大声で叫ぶと、曲者が路地の途中で止まり、そのまま後戻りしていった。

本来なら追うべきだろうが、無腰ではあまりにも無謀だった。

曲者の影がすっかり消えたのをたしかめた伝次郎は、大きく肩を動かして息を吐いた。

あちこちの戸が開き、なんの騒ぎだという声がした。

伝次郎はその声を無視して地を蹴り、再び走りはじめた。

七

長屋の自宅に駆け込んだ伝次郎は、剝ぐようにして脱いだ船頭半纏を乱れ箱に入れると、行李の蓋を開けて愛刀・井上真改を手にし、そのまま家を飛びだした。

肩を激しく動かしながら通りに目を光らせ、小名木川のほうに早足で歩いた。人の気配を感じると、さっと身を翻して、そっちを見る。だが、さっきの曲者ではなかった。

（どっちへ行った）

姿は見えない。

襲われたとき、もしや自分の妻子と中間・小者を殺した津久間戒蔵ではないかと思った。そうであるなら、この機を逃す手はない。戒蔵は決して許すことのできない外道だ。

小名木川の畔に出たが、あやしげな影はなかった。高橋をわたってくる男がいたが、千鳥足の酔っぱらいだった。

河岸道には居酒屋から送りだされた客が二人立っていた。向こう岸にも人の影があるが、逢い引きをしているらしい男女だ。

さっきの曲者はどこにも見えない。

（戒蔵ではなかったのか……）

伝次郎は頰をつたう汗を手の甲で払った。そのとき、もしや良助殺しの下手人だったのではないかと思った。さっと、船着場に目を向ける。

もし、良助殺しの下手人なら、自分は尾けられていたことになる。すると扇橋のそばで見張りをしていた自分のことを、相手は気づいていたのだ。

(舟は……)

自分の猪牙舟が気になった伝次郎は、川政の船着場に行った。自分の舟はある。蒼《あお》い月光を受け、静かに浮かんでいる。

もう一度周囲を見まわしたが、不審な影を見ることはなかった。それともひそかにこっちの様子を窺っているのか。

もし、扇橋から尾けられていたのなら、相手は自分の舟を知っていることになる。大事な商売道具に手をつけられたら困る。伝次郎は雁木に立ったまま、しばらくあたりに警戒の目を向けていた。

川政の二階で行われている通夜は、もう終わったのだろうか？　灯りはあるが、いまは静かである。四半刻ほどあたりの様子を窺ったが、変化はなかった。

伝次郎は用心のために自分の舟を、別の場所に移すことにした。舫綱をほどき、棹を使って船着場を離れると、細川橋をくぐって狭い堀川に入った。そのまま上っていけば竪川《たてかわ》につながる六間堀《ろっけんぼり》だ。

舟を操りながら周囲に目を凝らしたが、やはり不審な影はなかった。

進む六間堀は尾張《おわり》藩下屋敷と浜松藩中屋敷の間を流れている。河岸道には人通りは皆無だった。何度もあたりに注意の目を向けたが、不審な影はなかった。

猿子橋《さるこばし》のたもとに舟をつなぎ止めると、そのまま通りに上がった。もう一度用心深い目をあたりに向け、ふっと、ようやく安堵の吐息を夜気に流した。

（誰だったのだ……）

解答を得られぬまま歩いていると、先の角から現れた女がいた。手にした提灯の灯りを受けた女の顔がにわかに驚き、そして口許に笑みを浮かべた。

「伝次郎さんでは……」

千草だった。

「こんな夜更けに、どこへ行ってたんだい」

伝次郎は普段の口調になって訊ねた。

「良助さんの通夜ですよ。みなさんに引き止められて遅くなったんです」

提灯の灯りを受ける千草は、酒を飲んでいるのか、いつになく艶《なま》めかしい。

「もうお開きか」

「ええ。どうしてこんなところに……」

「舟を猿子橋に移してきた。川政の舟が狙われているなら、おれの舟も盗まれるかもしれない」

伝次郎はそういってから「ちぐさ」に目を向けた。店は戸締まりをしてあったが、
と、訊ねた。興奮が冷め緊張が解けたので、喉の渇きを覚えていた。

「ちょいと一杯もらえないか」

「ようござんすよ。どうぞ」

伝次郎は千草にいざなわれて店に入った。営業を終えた店はいつもとちがいがらんとしている。千草が燭台をともし、酒を運んできた。

「肴《さかな》は残り物ですけど」

「十分だ」

自分で手酌したあとで、ふと気づき、

「おまえさんも」

と、千草にも勧めた。

「それじゃいただきましょうか」

言葉少なに差しつ差されつをする。

話は良助のことだった。主に千草が話し、伝次郎は聞き役である。

「めったにこの店に来ることはなかったけど、会えば愛想良く挨拶をしてくれる、感じのいい人だったのに……。良助さん、親孝行だったのですね」

「やさしい男だった」

「みなさん、同じことをおっしゃっていたわ」

千草は憂い顔で伝次郎に酌をしたあとで、

「刀……」

と、脇に置いてある伝次郎の愛刀を見た。

「用心のためだ」

そう嘯《うそぶ》く伝次郎に、千草は真顔を向け、

「わたしにはわかっております」

と、つぶやくようにいった。

「……なにが？」

「伝次郎さんはなにもいわないけれど、昔はお侍だったのでしょう。わたしは初めて会ったときからわかっていました」

「…………」

「だって、元は武士だったという消すことのできない匂いがありますもの」

伝次郎は苦笑いをして酒を飲んだ。千草は元御家人の娘であるし、武家奉公に出ていた女だ。勘がはたらくのだろう。

「でも、あまりそのことには触れてほしくないのですね」

伝次郎は黙っていた。

「ごめんなさい、余計なことをいって。もうそのことはいわないことにします」

「人にはいろいろある」

「そうですね」

千草はばつが悪そうな顔をして伝次郎に酌をしたあとで、

「下手人は捕まるかしら……」

と、ぽつりとつぶやいた。

伝次郎はその顔を黙って眺めた。

千草には慎み深い美しさがある。細面《ほそおもて》で鼻筋が通っており、唇の形もいい。品を感じさせるのだ。同時に江戸っ子特有の姐《あね》ご肌も持ち合わせていた。

前者は生まれ育った家と武家奉公で培ったものであろう。後者は気の荒い職人の夫の影響か、もしくは生まれながら持ち合わせていたのかもしれない。

「捕まえなきゃ、良助が浮かばれねえ」

伝次郎は憤ったような口調でいって、酒をあおった。

その様子を千草が、長い睫毛《まつげ》をしばたたかせて見ていた。

「伝次郎さんが捕まえるということかしら……」

「本所方も動いているが、おれもじっとはしていられねえ。良助がああなる前にいっしょに飯を食ったんだ」

伝次郎はそのときの話をした。

「いまごろ悔やんでもしかたないが、あのとき引き止めるか、ついていってやればよかった。そうすりゃ、こんなことには……」

伝次郎は、はあと、やるせなさそうな吐息をついて、酒をあおった。

「下手人を許してはいけませんね」

千草はキッとした目をしていい、

「許してはだめです」

と同じ言葉を重ねた。

「決して許すつもりはない」

伝次郎はそう応じ返した。

第四章　糠雨《ぬかあめ》

一

船宿「川政」の主・政五郎の仕切りで、良助の葬儀は滞りなく行われた。

それから二日がたっていた――。

伝次郎はその日も、深川扇橋町の畳屋の隅で見張りをつづけていた。

畳屋の主は店先で仕事をしているが、伝次郎は板の間の端で壁に背中を預け、障子窓を小さく開けて外を窺っていた。膝許には菰で包んだ刀がある。自分の舟は扇橋のたもとにつないでいた。

闇討ちをかけてきたのが誰であるか、そのことをあれこれ考えたが、津久間戒蔵ではないと断定していた。

もし、戒蔵なら時を置かず、なにか仕掛けてくるはずだ。しかし、それはない。戒蔵の仕業であったならば、自分の長屋も突き止めていなければならない。そうなれば、寝込みを襲ってくるだろうが、その様子はない。

つまり、あの闇討ちは戒蔵ではないものの仕業である。であれば、良助を殺した下手人か、舟泥棒と考えてよかった。しかし、自分の舟はあの夜以来、盗まれることはない。川政の舟然りだ。

闇討ちをかけてきた曲者は、自分を尾行したが、夜の闇が邪魔をし、舟を特定できずにいるのだ。もしくは、舟にはもう用がないのかもしれない。

「伝次郎さん、あんたも大変だね」

主が首筋の汗をぬぐって伝次郎を見た。五十半ばの畳職人で、物わかりのいい初老の男だった。助松《すけまつ》といった。

「そうでもない。仕事に精を出しているあんたの横で、休んでいるようなもんだからな」

伝次郎は言葉を返して、茶を飲んだ。

「だけど、敵討ちじゃねえか……」

助松はそういって仕事に戻った。

伝次郎は川政の船頭たちが総出で、下手人探しをしていることを話していた。そのとき助松は、そりゃ許せる野郎じゃねえ、町方に頼ってりゃいつその外道が見つかるかわかりゃしねえ、と憤った。

――店を貸すことで力になれるんだったら、気のすむまで使ってくれ。

助松はそういってくれていた。

伝次郎は助松の仕事ぶりをときどき眺めては、表に目を光らせていた。昨日からどんよりした雲が広がっており、いつ雨が降ってもおかしくない空模様だった。そのせいで、町全体が暗くくすんで見えた。

伝次郎は亥ノ堀河岸の通りを見張りつづける。二、三の気になる男たちがいた。それは深川石島町にある家に出入りしている。最初は、土地のやくざ者かと思ったが、どうもそうではない。

深川にはいくつかの博徒《ばくと》一家があり、互いにしのぎを削りあっているが、その一家のものたちは大方知っていた。もっとも下っ端までつかんではいないが、どうも深川のやくざではないような気がするのだ。

それに一度、自分に視線を合わせた男が、深川石島町の町屋に姿を消したことがあった。顔はおぼろげにしか覚えていないが、あの男も与太者風情だった。

気になる男たちは、昼過ぎに通りに現れる。今日もそうだろうと思っていた。姿を見せたら尾けるつもりだ。本所方に知らせてもいいが、見当違いなら迷惑をかける。伝次郎は自分でたしかめようと決めていた。

空はいよいよあやしい色になってきた。そのせいで畳屋のなかは暗い。女房が仕事をしている亭主の手許が狂わないように、行灯をつけた。

そのとき、ぱらぱらっと雨音がして、地面に黒いしみを作りはじめた。傘を持ち歩いていたものたちが、一斉に傘を開いた。空を見あげて、駆けるものがいれば、近くの軒先に避難するものもいた。

雨は次第に量を増やしていったが、強い降りではなかった。伝次郎の目が光ったのは、雨が降りはじめて小半刻《こはんとき》ほどしたときだった。

目をつけている男が、河岸道に姿を見せたのだ。小柄な男である。裾《すそ》を端折り、傘をさしている。そしてもうひとり、こっちは痩せた男で格子縞《こうしじま》の着物を着ていた。

風は冷たいが、意気がって胸元を大きく広げている。二人とも腰に長脇差をぶち込んでいた。

自分に闇討ちをかけた男ではない。あれは大刀であった。だが、伝次郎は尾行することにした。

「親爺、また寄らせてもらう」

「遠慮はいらねえ、いつでも来な」

助松が答えると、奥の土間から女房が走り出てきた。

「雨が降ってるよ。また来るなら持っておゆきよ」

そういって傘をわたしてくれた。

「すまねえ。それじゃ借りる」

伝次郎はそのまま雨の降る通りに出た。目をつけている二人は、扇橋をわたり、小名木川沿いを西に向かっていた。


「ついに降って来ちまったな」

小者の万蔵を連れた酒井彦九郎は、住吉町《すみよしちよう》にある茶店に飛び込んで、待っていた松田久蔵のそばに行った。たたんだ傘を万蔵にわたし、縁台に腰をおろす。

「手代の忠助のことがわかったというが、どういうことだ？」

彦九郎は久蔵に問いかけてから、やってきた女中に茶を所望した。

「やはり、忠助は賊に手を貸していたのかもしれぬ」

「やつが……」

彦九郎は殺された忠助の、人のよさそうな顔を思い浮かべた。

「忠助があある前に、飲み仲間にぽそりと漏らしたことがあるそうなんだ。近いうちにまとまった金が入るとな」

「それが殺される前だったと……」

「五日ほど前のことだ。その話を聞いたのは、近所の小間物屋《こまものや》の手代なんだが、まとまった金というのが気になり、そのことを訊ねると、忠助は儲け口があるのだと、意味深に笑っただけであとはなにもいわなかったと。ただ、それだけのことだが気にならぬか」

彦九郎は女中から茶を受け取って、糸のように斜線を引く雨を眺めた。

「つまり、忠助が鶴屋文五郎の妾宅《しょうたく》に入る算段をつけてやったと……」

「考えられることだ。忠助は鶴屋の妾だったお喜久と親しくしていたらしいし、お得意だ。お喜久も忠助のことを気に入っていたという。うまい口実を作ってお喜久を訪ねたとしても、疑われはしなかっただろう」

「もし、そうだったなら、忠助はお喜久の家に賊が入ることを知っていたことになる。相手はお得意さんだ、そんなことをするか」

「忠助が賊のことを知らなかったらどうする？」

「ふむ」

彦九郎は丸い顎をさすった。

「賊がどうやって忠助を誑《たぶら》かしたかそれはわからぬが、へたは打っていないはずだ。正直で気の弱い忠助は相手のことをあっさり信用して、手を貸した」

「賊は目的を果たせりゃいいから、用なしとなった忠助を始末したと、そういうわけか」

「つづめていえば、そういうことだろう」

「そうだったとしても、賊の手掛かりはないままだ」

彦九郎の言葉に、久蔵はため息をついた。

「上総屋も鶴屋も、そしてお喜久のことも虱潰《しらみつぶ》しに調べたが……お手あげだ」

「鶴屋は運悪く賊に狙われただけってことだろう。金を盗むのに、必ずしも恨み辛《つら》みがあるわけじゃねえからな」

「そう考えるしかないだろう」

「それより、あの舟のことは聞いたか……」

彦九郎は久蔵の整った面立ちを見た。

「川政の船頭のことだな」

「盗まれた舟に忠助は放り込まれていた。そして、他に盗まれた二艘の舟はまだ見つかってねえ。挙げ句、良助という船頭が殺された。引っかからねえか」

「もちろん、引っかかる。だが、船頭殺しとこっちの件がつながっているかどうか」

彦九郎にも久蔵のいいたいことはわかる。本所深川の事件は、基本的に本所方の担当である。無闇に足を踏み込むことはできなかった。

「あとで川政に行ってみよう。忠助の死体を乗せた舟がどうも気になるんだ」

彦九郎はそういいながら、伝次郎の顔を脳裏に浮かべていた。

二

伝次郎は薬研堀《やげんぼり》にある料理屋・川口屋《かわぐちや》の軒下に、雨宿りの恰好で立っていた。すぐそばに天水桶《てんすいおけ》があり、手桶が積んである。尾行した二人は、すぐ先の大黒屋《だいこくや》という米屋の先にある茶店に入っている。

そこに入って、もう小半刻はたつが、暇を持てあましているようだ。誰かを待っている素振りだが、待ち人来たらずという顔をしていた。

伝次郎は見張っているうちに、自分は見当ちがいのことをやっているのではないかと思った。だが、そうではなかった。しばらくして、ひとりの男が茶店にいる二人のところへ行ったのだ。

二人の男は、短くやり取りをすると、やってきた男とともに、雨のなかに出た。糠雨《ぬかあめ》である。傘をささずに歩くものもいる。

茶店の二人を訪ねたのは、商家の奉公人のようだった。まだ、若い。二十四、五といったところだ。だが、二人に挟まれるようにして歩く、その男の顔は暗かった。

困惑の色が窺えるのだ。

伝次郎は三人を尾けるために、傘をさして雨中に出た。顔を見られないように傘を倒して歩く。


そこは本所尾上町《おのえちょう》にある小体《こてい》な料理屋のひと部屋だった。

伴蔵はくつろいでゆるりと酒を飲んでいる。そばには小平太と峰次がいた。

「おれが剣術を使えるようになったのには、深い事情がある。思いだすたびに腹の立つことだが、知りてえか」

「へえ、是非とも教えてくださいな」

峰次が好奇の目を輝かせる。

「まあ、やつらが来るまでの暇つぶしにしてやるか」

伴蔵は手酌《てじゃく》をして酒を口に運んだ。分厚い唇が、行灯の灯りにてかった。小平太は伴蔵を静かに眺めていた。

「おれの生まれは上目黒蛇崩だ。鷹場の近くでな。親父はその鷹場にある鷹番小屋に雇われていた。お鷹さまの好物の餌をまいたり、鳥見《とりみ》の役人が来たときの道案内をしたり、勝手に鷹を狩るやつを見張るのが仕事だ。おれはその親父の仕事にたびたび付き合っているうちに、鳥見の役人に可愛がられるようになった」

「あっしも鳥見役人のことは知っていますが、ひでえ役人でしたよ」

峰次が口を挟んだ。

「ほう、どうひどかった？」

「へえ、お鷹さまの餌を取ってもいねえのに、取ったと難癖をつけては、金のない貧乏な百姓から金をせびり取るんです。なけなしの金ですよ。役人はひどいです」

「どこも同じだ。親父の鷹番小屋に見廻りに来る鳥見もそうだった。だが、洟垂れ小僧のおれには愛想がよくてな。飴《あめ》や煎餅《せんべい》をもらったよ。それでおれはますます役人と親しくなる。剣術を教えてくれというと、やつらは暇にあかせて教えてくれた。おれが腕をあげると、それがおもしろかったらしく、いろんな技を遊び半分で教えてくれた。だが、よかったのはそこまでだ」

「……やっぱりなにかあったんですね」

峰次が身を乗りだしてくる。

「おれは、おれを可愛がってくれていた役人を信用していた。だがよ、それは表の顔で、別の顔を持っていやがったんだ。ある日のことだ。おれが家に帰ると、おふくろの泣き叫ぶ声がする。なんだろうと思って家の前で足が止まった。親父のやめろ、やめてくれという声がしたからだ。それから雨戸が壊れたかと思うと、親父がそのまま庭に倒れたんだ。おれははっとなって、木の陰に隠れた。親父はもう生きていなかった。顎から胸を斬られていた。雨戸の向こうに暗い家のなかが見えた。やつらはいったよ。邪魔がいなくなったんで慌てることはねえ、ゆっくりやろうじゃねえかと」

伴蔵は苦々しい顔をして酒を舐めてつづけた。

「やつらはおれのおふくろを犯すために、親父を殺したんだ。ただ、そのためだけにな。おれは怖かったが、逃げずに見ていた。おふくろがどうやって犯されるかを……」

峰次がゴクッとつばを呑む音がした。

「さんざんだった。おれはやつらを殺したくなった。親父の敵を討ち、おふくろの仕返しをしてやろうと、腹のなかで憎しみを滾《たぎ》らせていた。あの役人はおふくろを弄《もてあそ》んだあと、あっさり殺しやがったんだ」

伴蔵の脳裏に、その当時の記憶が甦った。着物を剥ぎ取られ、代わりばんこで犯される母親。宙に持ちあげられた白い脚。いやがり痛がって、髪を振り乱す母親。脱ぎ散らされた着物と帯のうえで、母親は男たちにいいようにいたぶられた。一人の役人に小振りな乳を鷲《わし》づかみにされ、首筋や耳たぶを舐められていた。もう一人は母親のむちむちした白い太腿に顔をうずめ、飽きもせずに茂みをいじくり、そして逸物を突き立てる。母親の尻がふるえるように動き、肉と肉がぶつかり合い、ぴたぴたと音を立てていた。

そのうち、母親は悲鳴とも快楽の叫びともつかない声を発し、首を左右に振っておとなしくなった。二人の役人は肩を上下させながら荒い息をしていた。その裸の背中には汗の粒が浮かんでいた。

自分たちの欲を満たした役人は、そのまま去らなかった。放心したように横たわっていた母親の胸に脇差を埋め込んだのだ。

胸を突き刺され、虚空を見つめていた母親の顔が、いまでも伴蔵の瞼《まぶた》の裏に浮かぶ。

「で、どうしたんです?」

「おれは逃げた。逃げて復讐してやろうと誓った。だが、すぐにはできねえガキだ。親戚の家を頼って、奉公に出たよ。十三のときだ。奉公先は鍛冶屋《かじや》だったが、そこの旦那の世話で、今度は武家奉公に出た。そこで、剣術の腕を磨くことができた。そして、十八になったとき、おれはあの二人の役人を探した。目黒にはいなかった。それであちこち探しまわっているうちに、品川の鷹場を受け持っているのがわかった。おれはやつらに見つからないようにして、林のなかに隠れて夜を待った」

「やったんですね」

峰次が好奇の目を光らせていた。

「やつらが酒に酔って高鼾《たかいびき》をしているところへ忍び込んで、喉をかっ斬ってやった。ざまあみろだ。それからは転々と移り住むしかなかったが、やつらを殺したのがおれだと、誰も気づいちゃいねえ。気づかれたところで、おれは敵を討っただけだからな」

へヘッと、伴蔵は笑って酒をあおった。

峰次はいたく感心顔をしていた。伴蔵はその顔を見て、内心でほくそ笑んだ。こいつはきっと他の仲間に、おれの苦労話をする。それを聞いた仲間はおれに同情の念を抱くはずだ。恐怖心を植えつけるだけが能じゃない、好意の念を抱かせるのも大事なのだと、伴蔵は胸の内で算盤《そろばん》を弾《はじ》く。

「苦労されたんですね」

峰次はそんなことも口にする。だが、小平太は無表情だった。

「村田さん、おめえさんはどこでやっとうを覚えた？」

伴蔵はさりげなく問いかけた。

「おれは郷士《ごうし》の倅だ。物心ついたころには木刀をにぎっていた」

小平太はあまり話したくないのか、視線をそらした。

「剣術道場にでも通ったのか？」

「いくつか通ったところがあるが、みな田舎の道場だ。最後に入門した道場の主は剣客を気取っていたが、そのじつ大した腕じゃなかった。ふん、だがもう思いだしたくもない」

「なぜです？」

峰次が聞いた。

「おれは人殺しだ。……深く聞くんじゃねえ」

ぎろっと鋭い目でにらまれた峰次は、肩をすぼめて黙り込んだ。

「村田さん、おめえさんがこの前襲った船頭だが、いってえなにもんだ？」

伴蔵は盃を唇の前で止めて聞いた。

「わからん。だが、やつがただの船頭じゃないのはたしかだ。剣術の腕がある」

「斬り損ねたままでいいのか。まさか、面を見られたんじゃねえだろうな」

「それは決してない。おれはそんなヘマはせぬ」

小平太がそういったとき、障子の向こうで、幸平の声がした。

三

「入れ」

伴蔵が声を返すと、障子が開き、幸平と成助《せいすけ》が現れた。

そばに縮こまっている男がいる。伴蔵はその男に声をかけた。

「大黒屋の栄吉《えいきち》さんだね」

「へえ」

「まあ、入りな」

伴蔵はそういってから、栄吉を連れてきた幸平と成助に、手はずどおりのことをやれと、暗にうなずいた。心得ている二人は、そのまま障子を閉めて姿を消した。

「栄吉さん、わざわざ足を運んでもらってすまねえな」

伴蔵の視線に、栄吉は射竦《いすく》められたように小さくなった。

「いえ」

「あんた、可愛い女房をもらったばかりだってね。お光《みつ》さんというんだったな」

栄吉の顔がこわばる。

「女房は可愛いだろう」

「いったいどんなご用で……」

栄吉は恐る恐る顔をあげて、伴蔵から小平太、そして峰次と視線を移した。

「こっちに来るとき聞かなかったかい」

「倅を、太助《たすけ》を預かっていると……いったいどういうことなんでしょう？」

「聞いたのはそれだけじゃねえはずだ。金になる話をあの二人がしてくれただろう」

「それと太助がどう関係があるというのです。お願いです、太助を返してください」

「おいおい、まだ話はそこまで進んじゃいねえんだ。まあ、ゆっくり聞きねえ」

伴蔵は遮るように首を振って、酒を舐めた。その間、一瞬たりと栄吉から視線をそらさなかった。

「おめえさんは十三で大黒屋に奉公にあがり、やっとの思いで手代になった苦労人だ。だが、女には手が早いようだな。お光といっしょになったのは、やむにやまれなかったというじゃねえか」

「そんなことは……」

伴蔵はがらりと口調を変えた。

「ないっていうかい？　おれを誤魔化しちゃならねえよ。おめえにはお駒《こま》という女がいた。ところが、お光の腹んなかに赤ん坊ができたから、お駒と手を切って、お光と同じ屋根の下に住むようになった。そりゃアめでたくも正しいことだった。お光はなかなかの器量よしだものなァ。なにも莫連《ばくれん》のような色の黒いお駒と乳繰りあうことはなかったはずだ。それとも、よっぽどお駒の体がよかったのかい」

「まあいいさ。男ってやつは浮気な生き物だ。話は簡単だ。女房と倅を無事に帰してほしかったら、おれのいうことを聞くんだ」

栄吉の目がはっと見開かれた。

「女房って、まさかお光も攫《さら》ったっていうんじゃないでしょうね」

「人聞きが悪いな。攫ったなんてよ。預かっているだけだ」

伴蔵は人さし指を耳に突っ込んでいった。

「大事に預かってある。だがよ、このことを他に漏らしたりすりゃ、女房子供の命はないと思え。そして、おめえさんの命もだ」

伴蔵は冷え冷えとした目を栄吉に向けてつづける。

「黙っていうことを聞いてくれりゃあ、おめえさんはちょっとした金持ちになれる。店の一軒も持って、使用人も雇えるだろう。その若さでたいした出世だ。やり方次第で大儲けして、店を広げることだって夢じゃねえ。おれはその夢の手伝いをしようといってるんだ。悪い話じゃねえはずだ」

「あ、あの、お光と太助はどこにいるんです？」

栄吉は畳を這うように、身を乗りだした。

「騒ぐんじゃねえ。いくつか訊ねるが、正直に答えることだ。それがおめえさんの身のためだ。いいかい。大黒屋には大きな金蔵があるそうだが、いったいいくらつまっている？」

「そんなことはわたしには……」

「だったら調べるんだ。一千両は下らねえ金があるのはわかっている。その金蔵の鍵だが、持っているのは、やはり主の利助《りすけ》だろうか？」

「それはもちろん旦那さまがお持ちです」

「だったらその鍵をうまく盗んで、合い鍵を造るんだ。それができなきゃ、盗むだけでいい。合い鍵はこっちで造る」

「そ、そんなことは……」

「やるしかねえだろう栄吉。命が惜しかったらやるんだ。一生に一度あるかないかの大きな運がおめえにめぐってきたんだ。ものは考えようじゃねえか。金持ちになって女房子供を何不自由なくさせてやれるんだ。どっちが得か秤《はかり》にかけるまでもねえだろう」

栄吉は膝をつかんだ手をぶるぶるふるわせて、視線を彷徨《さまよ》わせる。

「それと、もうひとつ。店の絵図面がほしい。それは明日にでもおまえに描いてもらう。住み込みの奉公人が何人いて、通いが何人かはわかっているが、間違いがあっちゃならねえから、それも詳しく教えてもらおう。それも明日でいいさ。まあ、ここまでいえば、おれがなにを考えているか大方わかっただろう。それで、手伝ってくれるな栄吉」

「そ、そんな……」

「いやだとはいわせねえぜ。おめえが自分の命は惜しくないといっても、女房と子供まで見殺しにはできめえ」

栄吉は膝許を見つめたまま蒼白になっていた。

「いいか、このことを他人に漏らしたら、そのときおめえの命はなくなると思え」

栄吉は蒼白な能面顔をあげた。

「おめえの命だけじゃねえ、女房と子供もだ」

「………」

「話はそれだけだ。明日また会おうじゃねえか。場所は明日知らせる。帰っていいぜ」

伴蔵は口辺に冷たい笑みを浮かべ、ゆっくりと盃をほした。

四

雨はしとしとと降りつづけている。どしゃ降りでないのはさいわいだが、冷え込みが強くなった。

(寒《かん》の戻りか……)

二人の男を尾ける伝次郎は、はっと、手に息を吹きかけた。

扇橋から尾けた二人の男は、薬研堀埋立地の茶店で、商家の手代ふうの若い男と会うと、大橋をわたり本所尾上町にある「松本《まつもと》」という小体な料理屋に入った。

だが、二人が店にいたのは長くなく、手代ふうの若い男を置いて、揃って出てきた。伝次郎はそのまま店を見張ろうかどうしようか迷った末に、二人の男を尾けることにした。こういうとき、小者でもいればいいと思うのだが、いまの伝次郎にはそれができない。

二人の男は竪川沿いの河岸道を東に向かっていた。本所相生町《あいおいちょう》、本所緑町《みどりちょう》と過ぎ、横川に架かる北辻橋《きたつじばし》の手前で立ち止まった。

伝次郎は惣菜屋の横道に入り様子を窺う。二人は短くやり取りをしただけで、北辻橋をわたってゆく。尾けられていることには、まったく気づいていない様子だ。もっとも感づかれるようなことを伝次郎はしていない。

二人は亀戸町《かめいどまち》のとある長屋に入った。寂れた裏店だ。田中稲荷《たなかいなり》のすぐそばである。裏には亀戸村の畑地が広がっている。

伝次郎は木戸口を見張っていたが、二人の男はほどなくして戻ってきた。知り合いの家を訪ねただけかもしれない。それにしてもおかしな行動である。

長屋を出ると、今度は来た道を後戻りして、新辻橋をわたり、そのまま横川沿いに扇橋のほうへ行く。傘をさして歩く二人は、ときどきふざけあうように笑ったり、通りすがりに町娘にからかいの声をかけていた。

仕事を持っているとは思えない男たちだ。どうにも臭い。昔取った杵柄《きねづか》で、伝次郎の勘がはたらく。

二人はなにかを企んでいる。もっとも、前を行く二人は下っ端だろうが。

結局、二人は振り出しに戻るように深川石島町へ行き、一軒の家に入った。どうといって目立つことのない古ぼけた一軒家だ。雨が降っているせいか、戸口も雨戸も閉め切ってある。

（誰の家だ）

伝次郎がそう思うのは当然のことである。

同町の名主に聞けばわかることだが、とりあえず近くの木戸番に行って聞いてみた。

「なんでも反物の仲買をやっている人が借りたってことです」

木戸番小屋の番太郎はそんなことをいう。小屋には内職でやっている草鞋や足袋、蠟燭などが並んでいる。

「家主はわかるか？」

「へえ、そこの長屋と同じ長《ちょう》右衛《え》門《もん》さんですよ。家はすぐそばですが……」

伝次郎は番太郎に教えてもらった長右衛門を訪ねた。

「あの家だったら、先月、借り手がついたばかりだよ」

長右衛門はちょこなんと結った髷《まげ》を整え、煙管を手にする。

「丁度手ごろな家なので借りたいと思ったんですが、そりゃ残念だ。しかし、雨戸も戸も閉めてありましたが……」

「雨だからだろう」

長右衛門は火鉢の炭を使って、煙管に火をつけ、ぷかりと吹かした。

「借りたのはどんな人で……」

「反物の仲買人だよ。伴蔵さんという人で苦労人らしい」

「そうでしたか、いやお邪魔しました」

家主の家を出た伝次郎は、表情を引き締めた。

家を借りるには、店請証文《たなうけしょうもん》や請人《うけにん》（保証人）などの連記と連印などが必要になる。だが、それはいくらでも誤魔化しが利く。悪党はいとも簡単に偽の請人を仕立てるし、偽印も朝飯前で用意する。

家の借り主は、伴蔵という反物の仲買人だというがあやしいものだ。

尾行した二人が、伴蔵の使用人だとしたらなおあやしい。あれは商人には見えない。どう見たって与太者だ。

伝次郎はもう一度、伴蔵の家をたしかめて、引きあげることにした。雨はまだ降りつづいている。

扇橋のそばに留めていた舟に乗り込んで、ふと亀戸の長屋のことが気になった。さっきの二人が立ち寄った長屋である。

糠雨を受ける川の先を眺めて、簑《みの》を肩につけ、菅笠《すげがさ》を被った。それから棹を使って舟を出し、横川を北へ向かった。

伝次郎の顔つきは、船頭仕事をしているときとは違う。狙った獲物を追う狩人のような町奉行所同心の目になっている。

天気のせいか、河岸道はいつになく暗く、そして静かだ。通りを歩く人の姿も少ない。何艘かの舟とすれちがった。それには猪牙舟もあったが、客を乗せていない空舟だった。

岸辺の柳が糠雨を背負ってたれ込んでいた。

伝次郎は新辻橋をくぐり竪川に入った。そのまま舟を進め、本所柳原《やぎはら》六丁目の岸にある柳に舟をつないだ。

河岸道にあがると、ぬかるんできた地面を踏みながら、さっきの二人が立ち寄った長屋に入った。古い長屋である。どぶ板は半分がところはまっていない。屋根の庇《ひさし》から、しとしととしずくが垂れている。

どの家だろうかと奥に進んで行ったがよくわからない。住人たちは戸を閉めひっそりしている。ぐずる赤ん坊の声が聞こえた。ふと足を止めて、厠《かわや》のそばまで行ったが、やはりさっきの二人が訪ねた家はわからない。

引き返したとき、一軒の家から老婆が出てきた。

「婆さん、さっきこの長屋に男が二人やってきたんだが、知らないかね」

老婆は小首をかしげて、さあわからないという。

「空き家が目立つが、最近借りられた家はないか」

「だったら二軒先の家を借りた人がいるよ。挨拶もなにもしにこないし、いつ越してきたんだかわからないうちに人が住んでる。子持の夫婦もんらしいけど……愛想がなくてね」

ふんと、鼻でせせら笑うようにして、その家を顎でしゃくる。さっき、赤ん坊の声がした家だ。

(親は留守なのか……)

そう思ったとき、また小さくぐずる赤ん坊の声が聞こえた。

五

「伝次郎、沢村……」

その声は川政の船着場に入ったときにかけられた。

伝次郎が声に振り返ると、雁木の上に巻羽織に小銀杏《こいちょう》を結った男が立っており、そばにいる小者が傘をさしかけていた。

「……酒井さん」

つぶやくように声を漏らすと、

「久しぶりだな。ちょいと話ができねえか」

と、声を返してきた。

高橋の北詰に茶店がある。川政からほどないところだ。伝次郎と彦九郎は、同じ床几《しょうぎ》に並んで腰掛けた。伝次郎も知っている小者の万蔵は、別の床几に座っているが、ときどき嬉しそうな笑顔を伝次郎に向けてくる。

「精が出ているようだな。それに板についている。他の船頭も、おぬしには一目置いているようだ」

「まだまだ駆けだしです」

伝次郎は茶に口をつけた。

「刀を持ち歩いているのか?」

彦九郎は伝次郎が脇に置いた菰包みを見ていった。

「物騒な客もいますから用心のためです。……舟泥棒の一件ですか、それとも殺された船頭のことで……」

伝次郎は先に話を振ってやった。

「両方だ。佐吉という船頭の舟に乗っていた死体のことがわかってな」

伝次郎は彦九郎の顔を見た。

「わかったのはそれだけじゃねえ。御蔵前の札差が妾のために借りていた家が、賊に襲われたんだ。札差は鶴屋文五郎、妾は芝居茶屋の娘でお喜久といったが、その二人も殺されている」

彦九郎はそういってから、大まかなことをかいつまんで話した。

黙って耳を傾ける伝次郎は、糠雨のなかを歩く町人たちをぼんやりと眺めた。まだ日中だというのに、夕暮れの暗さだ。

「それじゃその賊が舟を盗んだと……」

話を聞き終えた伝次郎は、ゆっくりと彦九郎に顔を向けた。

「はっきりそうだとはいえねえが、どうにも引っかかるんだ」

伝次郎も賊と舟泥棒はつながっていると思った。さらに良助を殺したのも、その賊ではないかと思う。

(今日のあのやつら……)

胸中でつぶやく伝次郎は、今日尾行した二人のことを思い浮かべた。

「賊の手掛かりはなにも出てこない。松田久蔵もいっしょに調べにまわっているが、お手あげだ」

「本所方から話は……」

「聞いた。良助という船頭殺しの一件と舟泥棒を探しているが、まだなにもないという。困ったもんだ」

「賊はなんの手掛かりも残していないんですか？」

「見事なもんだ。褒《ほ》めるつもりはねえが、忌々《いまいま》しいことだ」

「佐吉の舟に乗っていた死体は、忠助という手代だったそうですが、どこの店です？」

「元大坂町にある上総屋という反物屋だ」

「反物屋……」

深川石島町の家を借りている伴蔵という男は、反物の仲買人だという。

「なにか気になることはないか。いや、おぬしの力を借りようというのではない。それではあまりにも虫がよすぎるからな。おぬしにはいまでも足を向けて……」

「それはいわないでください」

伝次郎は遮って言葉を足した。

「昔のことです。おれはいまは一介の船頭です」

「すまねえ。だが、これだけはいわせてくれ」

彦九郎がいつになく真面目顔を向けてくる。

「おれたちゃいまでも、津久間戒蔵の行方をつかむために調べをつづけている。表だって動いているわけではないが、あやつは許せぬ。おぬしだってあきらめているわけじゃないだろう」

「それはもう……いや、礼をいいます」

伝次郎は頭を下げた。

「おいおい、水臭いことはなしだ。どうだ、久しぶりに一杯やるか」

彦九郎はいつもの顔に戻って、笑みを浮かべた。

「そうしたいところですが、今度にしてもらえませんか」

「さようか……」

彦九郎はさも残念そうに、眉をたれ下げた。

「申しわけありません」

「いや、いいんだ。だがよ、たまには会いに来ていいか」

「それはかまいませんが、お役に立てることはないと思いますが……」

「依怙地《いこじ》なことをいいやがる。おぬしの手を借りようなどとは思っちゃいねえよ。ただ、昔話をしたいだけだ。気晴らしに付き合ってくれりゃそれでいいんだ」

「そういうことでしたら、いつでも……」

彦九郎が見つめてきた。

それはずいぶん長く感じられたが、実際はほんの束《つか》の間《ま》だったはずだ。

「忙しいところ引き止めてすまなかった」

「あ、待ってください」

伝次郎は立ちあがりかけた彦九郎を呼び止めた。

「もし、手掛かりを見つけるようなことがあったら、屋敷のほうへ知らせます」

「うむ、そのときは頼む」

彦九郎はかしこまった顔でうなずいた。

六

「みんな、聞いてくれ」

伴蔵は座敷に集まった仲間を眺めた。深川石島町の屋敷である。

「支度はおおむね整った。狙うのは薬研堀そばにある大黒屋という米問屋だ。明日、店の絵図面と店のことがわかる。金蔵の鍵も手に入るはずだ。合い鍵が出来たところで、大黒屋を襲う」

「合い鍵はいつ出来るんです？」

喜作という男だった。

「急ぎで造らせるから一日か二日見ておきゃいいだろう」

「すると明後日の夜に……」

「早けりゃそういうことだ。いずれにしろ、栄吉という手代のはたらき次第だが、そう先のことじゃねえ」

「栄吉っていう手代は信用できますかね」

「女房子供を人質に取っている。たっぷり脅しは利かせてあるから、裏切ることはできねえはずだ。もっともこっちも用心するに越したことはねえからな」

「お頭、ちょいと気になることがあるんです」

そういったのは、兵三という人当たりのよい顔をしている男だった。鼻の脇に鼻くそのような黒子《ほくろ》があった。

「なんだ?」

「へえ、昼間、この家を借りたいという男が大家を訪ねたそうです。それが船頭のような恰好をしていたというんですよ。ひょっとすると、村田さんが斬り損ねた男じゃねえかと思って……」

小平太の鋭い目が兵三に向けられた。

「まあ人相ははっきりしないいんですが、そうじゃねえかと……」

「そりゃ捨て置けねえ話だ」

伴蔵は腕を組んで考えた。町方の手先なら放っておけない。かといって、手先なら下手に手出しもできない。いまは大事な仕事の前だから騒ぎは起こしたくなかった。

「伴蔵さん、やつかもしれない」

小平太は伴蔵を見てつづけた。

「やつはただ者じゃない。船頭は隠れ蓑で、町方の息がかかりかもしれない。それに、妙に腕が立つ。邪魔ですぜ」

「まさか、これから斬りに行くというんじゃねえだろうな」

「そうしてもいい。仕事の前に変な野郎にうろつかれちゃ具合が悪いでしょう」

伴蔵は顔をしかめて、小平太を見た。たしかに始末したほうがいい。だが、手を出したばかりに計画が崩れるということもある。

「伴蔵さん、誰にも知れねえようにやればいいだけのことだ。あとで面倒になるよりは、先に芽を摘んでおいたほうが無難ではないか」

「うまくやるっていうんだな」

「やつの住まいは高橋の近くだ。これから探りに行ってもいい。考えてもおかしな話じゃないか。やつは扇橋の近くで見張るような動きをしていた。今日はこの家を探りに来てもいる」

「同じやつじゃねえかもしれねえ」

「そんなことをいったら切りがない。手は早く打ったほうがいい」

小平太のいいたいことは伴蔵にもよくわかった。たしかにそうかもしれない。だが、早まってはいけないという気持ちもある。どうしようか迷ったが、その心中を見透かしたようなことを小平太が口にした。

「気になることを放っておくと、あとで大きな火傷《やけど》をすることになる」

伴蔵はあらためて小平太を見た。

「よし、そうするか。ドジるんじゃねえぜ」

「もっとも今夜始末できるか明日になるかわからぬが、とにかく行ってこよう」

ひとりで行くのかと、伴蔵が声をかけると、

「連れがいるとかえって邪魔だし、足がつきやすい」

小平太はそういって家を出ていった。それを見送った伴蔵は、

「幸平と成助、亀戸にいる栄吉の女房と子供を連れてくるんだ」

と、指図した。

「これからですか？」

幸平が間抜け面を向けてきた。伴蔵はとたんにむかっ腹が立った。仁王面になって目を剝くと、いきなり怒鳴りつけた。

「決まってるじゃねえか！　誰が明日連れてこいといってる！」

手にしていた盃を投げつけると、幸平の肩にあたって畳に落ちた。

「もたもたしてんじゃねえ、さっさと行ってきやがれ！」

血相を変えた伴蔵の迫力に気圧《けお》されたのは、幸平だけではなかった。他の仲間も触らぬ神に祟《たた》りなしという体で、うつむいた。

「さ、行こうじゃねえか」

指図されたもうひとりの成助が、そっと幸平をうながした。

しばらく気まずい沈黙がつづいたので、伴蔵は気を使って、

「酒でも飲んで楽しい話をしようじゃねえか。喜作、なにかねえか、痔の話はあきたから、他のことを話してくれ」

と、名指しされた喜作は「へえ、へえ」と米搗き飛蝗みたいに頭を下げたあとで、

「それじゃちょいと色っぽいことを。夜這《よば》いに行った男がドジを踏んだ話です」

と、前置きして、夜這い男の話をおもしろおかしく語りはじめた。

気まずい空気が漂っていたが、みんなに酒が入ると、くすくすと笑いが漏れるようになり、座が和《なご》んできた。さっき鬼のような顔で怒鳴った伴蔵も、頬をゆるめて喜作の話に聞き入っていた。

喜作は噺家《はなしか》の弟子になったことのある元掏摸《すり》で、仲間の盛り上げ役だった。

夜這いに入った男が、苦心惨憺《さんたん》して女の寝屋に忍び込み、いざ床に入ったら、そこに先に来ていた夜這いと知らずに背中を抱いたという落ちがついて、笑いがはじけた。

栄吉の女房・お光と赤ん坊が連れられてきたのは、それからすぐのことだった。

お光はおどおどと半分泣きそうな顔で、伴蔵の前に座った。

「妙な真似はしなかっただろうな」

伴蔵の問いにはさっき怒鳴られた幸平が、殊勝な顔で答えた。

「脇腹に匕首《あいくち》をつけていたんでおとなしくついてきました」

伴蔵は幸平には目もくれず、お光の顎に手をのばして持ちあげた。色の白い女だ。肌はもちもちと、見るからにやわらかそうである。

「そう怖がることはねえ。早ければ明後日には帰してやる。もっとも亭主のはたらき次第だが、おまえのことを見捨てることはねえだろう。それにこれ、この可愛い赤ん坊もいるんだ」

伴蔵はお光の抱いている赤ん坊の頬をなでた。すやすやと気持ちよさそうに眠っていたが、伴蔵が指先でなでたのが気に障ったのか、急にぐずりだした。

「おとなしくさせるんだ」

お光は必死に赤ん坊をあやしたが、なかなか泣きやまない。

「きっと腹が空いているのです」

困ったような顔をお光が向けてきた。

その悲しそうな憂い顔が、伴蔵の心を惹《ひ》きつけた。

(なんだ、もったいねえほどいい女じゃねえか)

「だったら乳を飲ませてやれ」

いわれたお光はまわりの男たちを見たが、あきらめたように胸元を開き、大きな乳房をぽろっと出して、赤ん坊の口に寄せた。赤ん坊は小さな手で乳房をわしづかむようにして、ぴんと尖った乳首を含んだ。

伴蔵は生つばを呑んだ。よく張ったお光の乳は、燭台《しよくだい》の灯りをうけて桃のようにきれいだった。柔肌は餅のようだ。それに白いうなじはなんとも色っぽい。

伴蔵の欲がうずきはじめた。いったんうずきはじめた欲望は、抑えがきかないし、抑えるつもりもなかった。目の前にあるご馳走を足で蹴る伴蔵ではない。

やがて赤ん坊は満足したのか、静かになってまたすやすやと眠りに落ちた。

「お光、赤ん坊をそっちの部屋に寝かせてやれ」

伴蔵は柄にもなくやさしい声音でいって、成助に布団を敷かせてやった。お光がその布団に赤ん坊を寝かすと、

「お光、ちょいとおまえに話がある。こっちへ来てくれるか」

伴蔵はそういって、自分の寝間に入った。仲間の視線など気にかけはしない。お

光が躊躇《ためら》ったので、早くしろ悪い話じゃないんだと誘いかけた。

寝間に入ると、お光が恐る恐る入ってきた。伴蔵はその背後にまわって、後手で襖を閉めると、いきなりお光の背中から被いかぶさった。

「声をあげたきゃ、あげてもいいんだぜ」

お光を押し倒した伴蔵は、耳たぶにしゃぶりつき、片手で器用に着物の帯をほどいた。お光の白い太腿が露《あら》わになる。お光は必死に体を動かして抗ったが、伴蔵の膂力《りょりょく》にはどうすることもできない。その口は大きな掌で塞がれていた。

お光は首を激しく左右に振る。髷《まげ》がほどけて髪が乱れる。苦悶《くもん》の表情は、伴蔵の欲情をかき立てるだけだった。

七

「嘉兵衛さんしっかりするんだ」

伝次郎は嘉兵衛をおぶって、夜道を歩いていた。糠雨は相変わらず降っているが、傘はさしていない。片手にぶら提灯をさげて水溜まりに足を取られないようにしていた。

「悪いな。おめえさんには面倒のかけどおしで……」

「嘉兵衛さん、しゃべらなくていい」

そういっても嘉兵衛は口を閉ざさない。

「こんなことしてたら、おめえさんにうつしちまうかもしれねえ。やっぱあの医者のいうように、どこか風通しのよい土地にいったほうがいいかもしれねえな」

「………」

「うつしちまったら、おめえさんにも長屋の連中にも、申しわけが立たねえからな」

嘉兵衛はゴホゴホと苦しそうな咳をした。なかなかその咳は止まらない。ゴホゴホが、ごふぉごふぉに変わり、こほんこほんと狐の鳴き声みたいになる。

聞いているだけで苦しそうだ。

伝次郎はまた血を吐くのではないかと心配になった。

「大丈夫ですか？」

「おろしてくれ、おれはひとりで歩ける」

「だめですよ。そんな力は残ってないでしょう」

「……すまねえな。……情けねえな」

嘉兵衛は弱々しい声を漏らす。いままでそんなことをいう男ではなかった。苦しくてもつらくても、痩せ我慢をする男だった。

伝次郎が嘉兵衛を訪ねたのは、その日の夕暮れだった。様子を見にぶらりと立ち寄ったのだが、腰高障子を開けたとたん、伝次郎はギョッと目をみはった。

嘉兵衛が居間に臥《ふ》すようにして倒れていたのだ。そこには大量の血が吐かれていた。そばには酒徳利とぐい呑みが転がっていた。

声をかけても嘉兵衛は返事をしなかった。意識を失っているのは明らかだった。

伝次郎はそのまま、町医・加藤祐仙の家に運んで行って診察をしてもらったが、祐仙の診立ては厳しかった。

「もう長くはないだろう。半年持てばよいかもしれぬ」

伝次郎は暗澹《あんたん》たる気持ちになった。

「もう治る見込みはありませんか？」

返ってくる答えがわかっていても、聞かずにはおれなかった。祐仙はゆっくり首を横に振るだけだった。

一刻ほどして嘉兵衛は意識を取り戻して、目を覚ましたが、そのまま様子を見ていた。祐仙は今夜はこの家で預かるといったが、しばらくして嘉兵衛が家に帰ると我が儘をいいだした。そうなると、なにをいっても聞かない男である。

伝次郎はしかたなく嘉兵衛の自宅長屋に戻っているのだった。

「もうすぐだ嘉兵衛さん、しっかりするんだ」

伝次郎がおぶい直すように腰を動かすと、嘉兵衛がすまねえなと、つぶやく。嘉兵衛は軽かった。昔はそうではなかった。腕も足も筋肉が盛りあがり、胸板も厚かった。いまは、その面影もない。腕も足も棒のように細くなっている。手にあたる尻の肉も薄い。

半年持てばよいといった祐仙の言葉が、いまさらのように胸に苦しく突き刺さる。

(死ぬんじゃない、もう少し長生きしてくれ。必死で生きてくれ)

伝次郎は胸の内で叫ぶが、それもむなしいことだとわかっている。だが、今日明日死んではほしくない。痛切にそう思うだけである。

居酒屋から楽しげな声が漏れ聞こえてきた。赤提灯の灯りが、水溜まりに血のように映り込んでいた。

左は備後守《びんごのかみ》（掛川藩《かけがわ》）下屋敷の長塀、右は肥前唐津藩下屋敷の長塀である。

嘉兵衛をおぶっている伝次郎の頬に、糠雨が張りつき、しずくとなって顎をつたい落ちる。寒さで手がかじかみ、足の指が凍りつきそうになっていた。

「嘉兵衛さん、寒くないか？」

「おれは大丈夫だ」

目の前に黒い影が現れたのは、そのときだった。

距離があるので、相手の顔はよく見えないが、殺気を漂わせていた。一歩足を引いた男は、刀の柄《つか》に手をやり鯉口《こいぐち》を切った。

「誰だ……」

問いかけるが相手は無言である。伝次郎は立ち止まって、相手の出方を待った。

片手は提灯、片手はおぶっている嘉兵衛の尻を支えていた。刀は腰にあるが、相手が撃ちかかってきたら対処できない。

「斬る」

男は小さくつぶやくと、足を進めてきた。隙のない動きと、その足運びで先日の曲者だとわかった。

「嘉兵衛さん、おろすぜ」

伝次郎は嘉兵衛をそっと地面に立たせるなり、手にしていた提灯を男に向かって投げた。すかさず腰の刀を引き抜く。

糠雨の降りつづく闇のなかを提灯が飛んでゆき、そして地面に転がってぼおっと炎をあげた。刹那《せつな》、伝次郎は相手が送り込んできた刀を右に払いのけていた。

二人の体が交叉し、そして逆位置になった。

「なぜ、おれを狙う」

伝次郎は青眼に構えた。防御の体勢だ。刀を握る手がかじかんでいる。嘉兵衛をおぶっていたので、左手がしびれていた。

相手は答えなかった。すっと剣先を持ちあげて間合いを詰めてくる。

（いかん）

伝次郎は危機を感じた。寒さで体が縮こまっている。こういうときは剣筋が乱れるし、体がうまく動かない。間合いを外すためにさがった。

相手はさらにつめてくる。周囲は深い闇だ。燃える提灯の灯りが足許の水溜まりを染めているが、相手の顔は見えない。

「むむッ……」

伝次郎は相手の間合いを外すためにさがった。

刀をにぎる指がかじかんでいる。足指には感覚があまりない。腰を落としながら右にまわり、血のめぐりをよくしようと刀の柄をにぎる指を動かす。

相手が地を蹴った。白刃が闇のなかで閃く。伝次郎は跳びすさって離れた。すぐさまつぎの斬撃が撃ち込まれてきた。

ガチッ――――。

刃が嚙み合い、小さな火花が散ると同時に、伝次郎は相手を押すようにして離れた。そのまま右にまわる。相手は落ち着いて、その動きを見、剣尖《けんせん》を伝次郎の喉元にあわせる。

燃えていた提灯が消えようとしていた。

伝次郎は闇のなかに鷹のような双眸《そうぼう》を光らせ、ふっと、息を吐いて止めた。

「来いッ」

伝次郎は誘いのつぶやきを漏らした。

相手の腰がわずかに沈み、直後、右足が地を蹴った。伝次郎もその動きにあわせて地を蹴った。

第五章　薬研堀《やげんぼり》

一

伝次郎は前に跳ぶと同時に、腰を低めて相手の太腿を払い斬りにいった。相手は伝次郎の肩口に刀を振り下ろす。目にも止まらぬ一瞬の早業《はやわざ》が交錯した。

伝次郎の刀は空を切っていた。相手の刀は伝次郎の肩をかすめていた。いや、そうではなかった。着物の布を裁ち、薄い皮膚を切り裂いていた。

肩に熱い火照《ほて》りを感じた伝次郎は、振り返って八相に構えなおした。

相手は右足を大きく引き、一文字の突きの構えを見せている。牽制《けんせい》か、それとも素直に突いてくるのか。

突いてくれば、払って撃ち込む。牽制ならすりあげて撃ち込む。それとも先に仕掛けるか。伝次郎は荒れる息を抑えながら間合いを詰めた。

相手も怯《ひる》むことなく刃圏《やいば》のなかに入ってくる。伝次郎が相手を誘い込むように脇を開いたときだった。相手が俊敏に動いて、真一文字の突きを送り込んできた。

伝次郎は身を引き、相手の刀を払おうとした。

ところが、その間に一塊りの黒い影が飛びだした。

「伝次郎ッ……」

嘉兵衛だった。

相手の突きを遮るように、いや、それは伝次郎を庇《かば》うように盾になったのだ。しかし、曲者の電光石火の突きは、躊躇うことなく肉を抉《えぐ》っていた。

「うぬッ」

嘉兵衛の口からうめくような声が漏れた。

黒く塗り込められた闇のなかに、相手の白い歯が見えた。笑ったのだ。

「きさま……」

伝次郎は目をぎらつかせ、歯軋《はぎし》りをするような声を漏らした。

相手はふふっと、薄く笑って大きくさがり、その場に数瞬立ち止まっていたが、すっと背を向けて闇のなかに姿を溶け込ませた。

伝次郎は歯を食いしばって、嘉兵衛を抱いたまま立っていた。伝次郎の腹のあたりが血に濡れていた。

「嘉兵衛さん、馬鹿なことを……」

嘉兵衛は返事をしない。伝次郎は嘉兵衛を強く抱きよせた。

「しっかりするんだ。嘉兵衛さん」

呼びかけたが嘉兵衛はぐったりと、伝次郎の胸に頭を預けるだけだった。

曲者の一撃は嘉兵衛の脇腹を刺し貫き、その切っ先は伝次郎の脇腹をかすっていた。嘉兵衛が庇うように飛び込んでこなかったら、伝次郎は不覚を取っていたかもしれない。

「いま手当てをしてやる」

伝次郎は両腕で嘉兵衛を抱いて雨のなかを歩いた。悔しさとむなしさ、そして怒りがない交ぜになっていた。獣のように大きな雄叫《おたけ》びをあげたかった。

嘉兵衛の家の居間に、嘉兵衛を静かに横たえると、まずは傷口を見て止血をした。

虫の息になっている嘉兵衛の口に水を含ませる。濡れた着物を丁寧に脱がせ、乾いている着物に着替えさせてやった。

もう、助かる見込みはない。出血がひどすぎる。おまけに労症《ろうしょう》（結核）を患っている嘉兵衛には体力がない。だが、伝次郎は隣のものに声をかけて医者を呼びにやらせた。

嘉兵衛は目をつぶったまま、か弱い息をしていた。

行灯の灯りに浮かぶ老顔には血の気がなく、往年の頑固さも力強さも消えている。

「なんて馬鹿なことを……」

伝次郎はつぶやきを漏らしながら、嘉兵衛の額と頰をいたわるようにやさしくなでた。

そうやっていると、嘉兵衛がうっすらと目を開けた。瞳を動かして伝次郎を見、口許に小さな笑みを浮かべた。

「無事だったかい……」

と、か細い声を漏らす。

伝次郎はぐっと口を引き結び、にらむように嘉兵衛を見つめた。

「本望《ほんもう》だ。……おめえさんに死なれちゃ……おれは、困るんだ」

「いうな、なにもしゃべるな」

いいやと、嘉兵衛は首を振ってつづけた。

「おれはもう助からねえ。いいんだ、これで……これでよかったんだ。伝次郎……」

「……なんです？」

「おめえみてえないい男に出会えて、おれは幸せもんだ」

「嘉兵衛さん、もういいから静かにしてるんだ。いま、医者が来る」

「ほんとだぜ、伝次郎よ。いい船頭になるんだぜ」

「わかってる、わかってるからもうしゃべるな」

「み、水を……」

伝次郎は水を含ませた手拭いを嘉兵衛の口にあてた。

「ああ、酒が飲みてえ。酒はうめえなあ……」

「馬鹿いうんじゃない」

嘉兵衛はまた目をつむった。口を小さく開けて、すうすうと息をしている。

伝次郎はその顔を見つめつづけた。襲ってきた曲者のことを考えた。相手が何者であるかわからない。だが、やつは嘉兵衛といっしょに自分を串刺しにしたと思って立ち去った。仕留めたと思ったから去ったのだ。そうでなければ、止《とど》めを刺したはずだ。

（嘉兵衛さん、死ぬんじゃないぜ。もう少し生きていろ。生きていてくれ……）

伝次郎は嘉兵衛の顔を見ながら胸中でつぶやきつづけた。だが、もうだめだというのはわかっていた。まだ元気だったころの嘉兵衛の姿が脳裏に甦った。

――伝次郎、川と仲良しにならなきゃ舟はうまく操れねえぜ。まずは川の様子を見るんだ。ただ棹を突き立てりゃいいってもんじゃねえ。川底にはいろんな顔がある。川面にもいろんな顔がある。怒ったり笑ったりするんだ。ほんとだぜ。だから、仲良しになってそれを知るんだ。

弟子入りしたとき、嘉兵衛が最初に教えてくれたことだった。

――おめえはなかなか筋がいい。教え甲斐があるぜ。

嘉兵衛は顔をしわくちゃにして褒めてくれたが、厳しく叱ることもあった。

――このうすら馬鹿が！　どこを見て棹立てやがる！　川底に石があるのが見え

ねえのか！　そんなとこに棹を突き立ててどうする。

遠慮なく叱る声もいまはなつかしいが、それはつい先日のような気がする。仕事が終わったあとは必ずといっていいほど、酒に付き合わされた。

酒好きな嘉兵衛は仕事は厳しいが、そうでないときは陽気な男だった。もっとも口調は荒っぽいが、悪い気はしなかった。

——なんだか、てめえが倅に思えてきちまったぜ。

ある晩、嘉兵衛はそんなことをしみじみといった。伝次郎も嘉兵衛の人となりがわかっていたし、船頭の師匠として尊敬の念も抱いていたから、

——おれも嘉兵衛さんのことをただの師匠とは思えなくなりました。

そういったとき、嘉兵衛はほんとうに嬉しそうな顔をした。

それが照れくさかったのか、「さあ飲め、今夜はつぶれるまで飲もうじゃねえか。たまには羽目を外すのも悪くはねえ」といって、酌をしてくれた。

伝次郎は眠ったような顔でか弱い息をしている嘉兵衛の顔をなでた。しわだらけでかさついた肌をしていた。その顔には血の気がなかった。

（あと一日でもいいから生きてくれ。目を覚ましたら、酒を飲もうよ。付き合って

やるぜ、嘉兵衛さん。あんたはおれの師匠だしな。もうつまらない小言はいわねえよ。だから、死ぬんじゃない。死ぬんじゃないぜ……）

心中で呼びかけているうちに、目頭が熱くなった。盛りあがってきた涙を伝次郎が指先で払ったとき、表から慌ただしい足音が聞こえてきて、腰高障子ががらりと開かれた。加藤祐仙と隣に住む若い職人が入ってきた。

「いかがした？」

祐仙が聞いた。

伝次郎は辻斬りにあったことをかいつまんで話した。その間に、祐仙は嘉兵衛の傷を見て、膏薬《こうやく》を塗ったりと手当てをしたが、それはごく簡単な処置だった。

「まったく運の悪いことに……」

祐仙は桶で手を洗い、ため息をつく。霜《しも》を置いた慈姑頭《くわいあたま》をゆっくり横に振り、

「ひどい傷だ。血は止まっているが、明日の朝まで持つかどうかだろう」

と、いった。

「だめですか……」

伝次郎は祐仙にすがるような目を向けたが、首が横に振られるだけだった。

その夜遅く、嘉兵衛は静かに息を引き取った。

二

昨夜は両目からとめどなく涙があふれ、我が身の悲運を嘆いた伝次郎だったが、いつまでも悲しんでいる場合ではなかった。

嘉兵衛は自分の身代わりに殺されたようなものだった。賊は決して許すことができない。それに良助の死に対しても、伝次郎は責任を感じていた。

すべての凶事は、自分に関わっている。なぜ、そうなるのか自分でもわからないが、いいようのない怒りが腹のなかでぐつぐつと煮えたぎっている。

本来なら嘉兵衛の通夜・葬儀の支度をしなければならないが、伝次郎は差配《さはい》（大家）と町役にあらかたのことをまかせ、これ以上の災厄が起こらないために動いた。

昨日はずっと雨が降っていたが、その朝は雲が払われ、空は青々と広がっていた。

昨夜の曲者のことはまったくわからずじまいであるが、とにかく深川石島町には気になる男たちの存在がある。

伝次郎は例の畳屋で見張りをつづけていた。その胸の内に、恩のある嘉兵衛を失った悲しみと悔しさがあるために、不機嫌そうな顔をしていた。何度も唇を嚙み、拳をにぎりしめては、我が身を苛《さいな》んだ。

「なにかいやなことでもありましたか」

茶を持ってきた女房が、恐る恐る話しかけてきた。

「……いやなことばかりだ」

伝次郎はそういってため息をつく。

「だが、気にしないでくれ。おれは迷惑をかけているだけだ。すまぬな」

「いいえ」

女房はそっとさがっていった。

畳の裏を返した助松が、仕事場から伝次郎をちらりと見てきた。だが、それだけのことでまた仕事に戻った。

雨あがりの天気が気持ちよいのか、雀たちがのどかにさえずっていた。二人の町娘が楽しそうにおしゃべりをしながら歩いてゆく。

伝次郎が目をつけている男たちはなかなか現れない。ひょっとすると朝早くに出かけてしまったのかもしれない。

伝次郎は嘉兵衛のことがあったので、見張り場にしているこの畳屋に来るのは遅かった。その前に男たちは動いているのかもしれない。

だんだんそんな気がして落ち着かなくなった。腰をあげて畳屋を出ると、昨日たしかめた伴蔵という男の家に足を向けた。今日は雨もやんでいるというのに、やはり雨戸を閉め切ってある。商売のために出かけているのか……。

伝次郎は家の裏にまわってみた。やはり雨戸も裏の勝手口の戸も閉められていた。家はひっそりと静まったままだ。忍び込んで家を探りたいという衝動に駆られたが、すんでのところで踏みとどまった。

この家は疑わしいだけである。早まったことはすべきでなかった。

伴蔵の家をあとにすると、亀戸町の長屋に足を運んだ。昨日赤ん坊の声がした家だ。だが、ここも静かである。

戸口の前で家のなかの気配を探ったが、赤ん坊の声もしなかった。留守のようだ。

結局、その日はなにも得ることなく、引きあげるしかなかった。

大きく傾いた日が、小名木川に赤い光の帯を走らせるころ、伝次郎は川政に入った。良助のときと同じように、二階座敷で嘉兵衛の通夜が執り行われた。男気のある政五郎のはからいだった。

「良助の悲しみも癒えぬうちに、こんなことになるとはな……」

伝次郎の顔を見た政五郎が悔しそうに唇を嚙んだ。

「いろいろと面倒おかけします」

伝次郎はこくりと頭をさげて、嘉兵衛の枕許に腰をおろした。苦悶の表情は消え、安らかな顔をしていた。

昨夜、嘉兵衛が口にした言葉を思いだした。

――ああ、酒が飲みてえ。酒はうめえなあ……。

あれが最期《さいご》の言葉だった。いかにも職人らしい科白《せりふ》だった。

川で生まれ川で育ち、そして川で生き抜いた男だった。船頭一筋の人生だったが、嘉兵衛には思い残すことはなかっただろう。伝次郎はそう思うしかない。

「嘉兵衛さん……ありがとうよ」

そういって頭をさげた。また悲しみが胸に込みあげてきて、目頭が熱くなった。

膝に置いた手にぽとりと涙が落ちた。

(敵は討ってやる。必ず討ってやる)

伝次郎は人さし指で涙を払って嘉兵衛に誓った。

川政の船頭たちも嘉兵衛には世話になっていた手前、誰もが悔やみの言葉を述べた。

「伝次郎さん、ちょいと……」

やってきた僧侶が読経をはじめたとき、佐吉が伝次郎の肩をたたいて顎をしゃくった。

「町方が話を聞きたいらしいんだ」

「どこにいる?」

「下で待っている」

伝次郎はあまり顔を合わせたくはなかったが、しかたなく腰をあげて一階に下りた。

戸口そばの床几に町方は掛けていた。色白で眉の濃い、すっきりした痩せ型の男だった。

「表でいいですか」

声をかけられる前に、伝次郎は先に町方をうながした。

「やはりそうだったか」

立ち止まった伝次郎に、町方が声をかけた。伝次郎の知っている男だ。本所方の同心で、広瀬《ひろせ》小一郎《こいちろう》といった。

「おれのことはできれば内聞にしてもらえませんか」

「昔のことか……」

「はい」

小一郎は探るような目を向けてきた。

「わかった。おぬしのことはそれとなく聞いているからな」

「昨夜のことなら詳しく話しましょう」

伝次郎はそういって、医者の家からの帰り道で襲われたことを仔細《しさい》に話した。

「昨夜は雨だったので、表は暗い闇でした。襲ってきた相手の顔はまったくわかりませんが、その賊は前にもわたしを襲っています」

「襲われるようなことに覚えは？」

「それがないんです」

そういうしかない。

「それじゃただの辻斬りだったというのか。二度も襲われているのだ」

「たしかにそうですが、まったく身に覚えはないんです。もっともわたしのことを少なからず知っている相手でなければなりませんが、見当がつかないんです」

「……おぬしがそういうならしかたがないな」

「申しわけありません。それで盗まれた舟と良助のことは？」

伝次郎は小一郎を真正面から見た。

「舟は見つかっておらぬし、良助の下手人もわからぬ。だが、殺された場所は、はっきりした」

「どこです？」

「阿部能登守《あべのとのかみ》抱屋敷のそばに小橋がある。その橋の下に、良助があの夜持っていたと思われる提灯が沈んでいた」

「阿部能登守様の……」

伝次郎は遠くに目を向けた。

阿部能登守とは、陸奥白河藩主である。その抱屋敷は伝次郎もよく知っている。

それに、亀戸の例の長屋の近くである。さらに、深川石島町にある伴蔵の家からも遠くない。

伝次郎は不審な伴蔵の家のことと、あやしげな男たちのことを話そうかどうしようか迷った。

「なにを考えている。なにか気になることでもあるのか？」

黙っていると、小一郎が声をかけてきた。

「いえ、あんなところで殺されたのかと……」

伝次郎はそう答えたのみだった。曖昧《あいまい》な種（情報）は口にすべきではない。

「とにかく下手人の手掛かりをつかみたい。なにかあったら知らせてくれるか」

「承知です」

伝次郎は殊勝に答えた。

「嘉兵衛はおぬしの船頭の師匠だったらしいな。じつは嘉兵衛の舟には何度か乗せてもらったことがある。今度はおぬしに乗せてもらおう」

伝次郎は小一郎に頭をさげた。

三

膝許に広げられた絵図面を、伴蔵はためつすがめつ眺めていた。

大黒屋の手代・栄吉が描いてきたものだった。絵のなかには住み込みの奉公人の数や、大黒屋利助《りすけ》の寝間と家族の寝間が描かれ、人数も入れてある。褒められた絵ではないが、伴蔵には十分だった。

「栄吉、ご苦労だったな」

伴蔵は絵図面から顔をあげて、栄吉を見た。寝ていないのか、兎のように目が赤くなっていた。膝を揃え、肩をすぼめて小さくなっている。

どこからともなく風流な三味線の爪弾《つまび》きが聞こえてくる。柳橋にある伊勢八《いせはち》という料亭の小部屋だった。

「それで金蔵の鍵はどうした?」

「へえ、ここに……」

栄吉は懐に手をあてた。

「出せ」

伴蔵は低くしゃがれた声で命令した。栄吉はふるえる手を懐に入れて、鍵を畳に滑らした。それをつかんだ伴蔵は、燭台の灯りにかざして、

「まさか贋物《にせもの》じゃねえだろうな」

と、疑り深い目を向ける。

「とんでもございません」

「そうかい」

伴蔵は鍵を成助にわたした。成助はかたわらに置いていた風呂敷包みを開き、受け取った鍵を粘土に押しつけた。鍵型がくっきり取られた。成助は鍵をひっくり返して、もう一度同じ作業をした。

そばにいる村田小平太と峰次がその作業を見守る。

「これで調《ととの》いました。これから注文に行ってきやしょう」

作業を終えた成助が、鍵を伴蔵に返した。

「合い鍵はいつ出来る?」

「今夜頼めば、明日の夕暮れには間に合うでしょう」

思いの外、早い仕事の進み具合に、伴蔵は頬をゆるませた。

「よし、成助。頼んだ」

成助が部屋を出ていった。

「栄吉、遠慮することはねえ。まあ酒でも飲んでくれ。さあ」

伴蔵が勧めると、栄吉は遠慮がちに盃を差しだした。だが手がふるえているので、盃に注がれる酒がこぼれた。

「もったいねえじゃねえか。さあ、これでおまえはおれたちの仲間だ」

いわれた栄吉の目がはっと見開かれる。

「おめえはおれたちに絵図面を作ってくれ、鍵まで盗みだして、合い鍵を造る手伝いをした。もしものことがあったとしても、おめえはおれたち盗人の仲間だ」

「そ、そんな……」

「そんな、なんだ？　おめえはおれたちの仲間だ。どんないい逃れもできねえ。そうじゃねえか。さあ、固めの盃だ」

栄吉はぶるぶる震えながら酒に口をつけた。それを眺めていた伴蔵はにやりと笑って、酒を飲みほし、膳部にのっている刺身をつまんだ。

料理は豪勢だった。鯛《たい》と鮃《ひらめ》と蛸《たこ》の刺身、鰈の煮付け、椎茸《しいたけ》と里芋の煮しめ、河豚《ふぐ》のあら煮、そして香の物だった。

「遠慮することはねえ、食うんだ」

「あ、あの女房と子供は……」

「元気にしているよ。心配はいらねえ」

「いつ返していただけますか？」

栄吉はおどおどした目を伴蔵に向ける。

「まあ、明後日になるだろう」

「明後日……」

「そうだ、明後日の夜、おめえの店に入る。そのときおめえは、おれたちが忍び込みやすいように、裏の戸を開けるんだ」

「それじゃそのあとで、女房と子供は返していただけるんですね」

「そういうことだ。この蛸はなかなかうめえな」

伴蔵は蛸をもぐもぐと嚙んだ。歯応えがあっていい味だった。

「だがよ栄吉。おめえは店には残れねえぜ。おれたちといっしょにずらかるんだ。

そうしなきゃ、おめえはお縄になる。そうはなりたくねえだろう」

栄吉の顔が凍りついた。まばたきもしなければ、息も止めたようだ。

「金を盗むだけじゃ、おれたちの身が危なくなる。おれたちの顔は覚えられちゃならねえ。だから、店のものには気の毒だが、ひとり残らず死んでもらうしかねえんだ」

「そ、そんな……」

「世の中には運の悪いやつといいやつがいる。おめえはおれたちの仕事を手伝ってるから、運のいいほうだ。馬に蹴られて死ぬ人間もいるんだ。そんなこと考えたら、どうってことねえだろう。それに米問屋が江戸の町から一軒なくなったって、そう困るやつはいねえ」

伴蔵は里芋の煮しめを指でつまんで口に放り込んだ。そのままくちゃくちゃと、音を立てて食う。栄吉は化け物でも見るような顔をしていた。

「うめえな。なかなかの味だ」

食べ終わった伴蔵は、指を舐めた。分厚い唇がぬめりを帯びて光っている。

「そういえば、お光もなかなかの味だったぜ」

栄吉の顔が凝然《ぎょうぜん》となった。

「まさか……」

「ちょいと可愛がってやっただけだ」

とたんに、栄吉の顔が泣きそうに崩れた。

「堪忍《かんにん》してください。許していただけませんか。どうして、わたしたちを……」

栄吉はうなだれて、ほんとうに泣きだした。

「おいおい、大の男がめそめそするんじゃねえぜ。これから一稼ぎできるんだ。喜ばねえか。それとも嬉し涙かい。さあ、飲もうじゃねえか。さあ」

伴蔵は徳利を差しだして、栄吉の持っている盃にどぼどぼと酒を注いだ。盃からあふれた酒が、栄吉の膝にこぼれ、そして畳を濡らしていった。

「お願いです。もう堪忍してください。堪忍してください」

栄吉はがばりと額を畳につけて肩をふるわせた。

伴蔵は急に目を険しくすると、栄吉の髷を乱暴につかんで顔をあげさせた。

「ここで弱音を吐くんじゃねえ。女房子供が大事ならおれのいうことを聞くんだ。それができねえっていうなら、いまここで……」

伴蔵はさっと引き抜いた匕首の切っ先を、栄吉の鼻の穴に差し込んだ。

「いやだというなら、鼻を切り裂いて、そのあとで目をくりぬいてやる」

栄吉は瘧《おこり》にかかったように、がたがたふるえた。血の気の引いた顔は紙のように白くなっていた。

「逆らわねえで、いうことを聞いてくれるな。……どうなんだ。聞くのか聞かねえのか」

低く抑えた声で恫喝《どうかつ》すると、栄吉は涙を流しながら、

「き、聞きます」

と、か細い声で応じた。

四

翌日、嘉兵衛の野辺送りは霊巌寺《れいがんじ》にて無事に終わった。

線香と花を手向《たむ》けた伝次郎は、明るい日射しを受ける真新しい卒塔婆《そとば》を眺めた。

土中には先に死んだ妻と子供も眠っている。川政の船頭たちや長屋の連中に見送ら

れる嘉兵衛の葬儀は決して淋しいものではなかった。

(嘉兵衛さん、ありがとう。ゆっくり休んでくれ)

伝次郎が深々と辞儀をして墓前を離れると、ついてきたものたちも三々五々散っていった。

「伝次郎、仕事をはじめるのかい」

横に並んだ政五郎が顔を向けてきた。

「……いや、しばらくは仕事を休むつもりです」

「そうかい。喪に服すのもいいだろうが、仕事をしたほうが気が紛れるんじゃねえか」

稼ぎの心配をしてくれる政五郎の気持ちはわかった。

「心遣いありがとうございます。仕事もやらなきゃなりませんが、おれにはやることがあります」

政五郎が目を細めて見てくる。

「良助と嘉兵衛さんはこのままでは浮かばれません」

「おめえ……」

「敵を討ちます」

伝次郎はくっと唇を引き結んで、目に力を込めた。

「まさか、相手がわかってるっていうんじゃねえだろうな」

「探すんです」

伝次郎は口の端に、小さな笑みを浮かべて早足になった。うしろから、無理するんじゃねえぜと、政五郎の声が追いかけてきたが、伝次郎はなにも答えずに歩きつづけた。

家に帰ると唐桟《とうざん》の袷《あわせ》を着流し、帯に大小をぶち込んだ。船頭をやっているが武士の身分を捨てているわけではない。もっとも家禄《かろく》もない浪人ではあるが。

考えていることがあった。まずは、一度尾行した二人を探すことであった。ひとりは小柄で丸顔の太った男、もうひとりはぎすぎすと痩せた体つきで、頬が深くこけ、一重の釣り目だった。

顔を見ればすぐにそれとわかる。そして、もうひとり商家の手代ふうの男だ。これは気の弱そうな顔つきで、垂れ眉で色の白い男だ。

尾行した二人は与太者風情であったが、手代ふうの男は薬研堀のそばの商家に勤めているると思われる。

家を出た伝次郎は、自分の舟に乗り込むと、小名木川から大川に出て遡上《そじょう》した。勢いをつけて下っていく材木船や、帆を下ろした高瀬舟とすれ違う。春の川はきらきらと輝き、岸辺に白い千鳥の群が見られた。

難波橋《なんばばし》をくぐり、薬研堀に入って舟をつなぎ、薬研堀不動そばの町屋を流すように歩く。ここは両国《りょうごく》西広小路が近いので、ときおり囃子《はやし》や太鼓の音が聞こえてきた。例の二人組が手代ふうの男と落ち合った茶店の前で立ち止まり、付近に視線をめぐらせる。

茶店側には商家がつらなっているが、通りの反対は武家地となっている。医者が多く住んでいることから、土地の者は医者町と呼ぶことがある。

町屋にはもぐさ屋、水油商、鼈甲《べっこう》問屋、人形屋、米問屋、地本問屋に菓子屋など種々の店が並んでいる。また、大きな料理屋もある。

伝次郎は顔を隠すために編笠を被っていた。その笠の庇の下からあたりを注意深く見ながら歩く。手代ふうの男を見つけたら、それとなく話を聞くつもりだ。だが、男を見つけることはできなかった。

せめて勤め先でもわかっていればよいが、商家は決して少なくない。ついでに、米沢町《よねざわちょう》のほうへまわってみた。

手代ふうの男はおそらくこのあたりの商家の奉公人だろう。きっと勤めている店がある。米沢町の北には、江戸随一といっていい両国西広小路の盛り場がある。その雑踏の気配が強くなる。

広小路に出ると、太鼓や囃子の笛が大きくなり、人があふれていた。矢場《やば》であがる歓声と、呼び込みの声が交錯する。

広小路を離れ、また米沢町の通りを右に左へ折れて、もとの通りに戻った。

そのとき、伝次郎の目が一方に釘付けになった。

いた。

あの手代ふうの男だ。大黒屋という米問屋の前に止められた大八車のそばで、算盤を弾いている。その前に河岸場人足らしい男がいて、短くやり取りをして店のなかに消えた。

伝次郎は大黒屋に足を進めて、大八車の近くに立った。一度店のなかに戻った男がまた出てきて、

「それじゃこれでお願いします」

と、人足に紙包みをわたした。人足は捻り鉢巻きを締めなおして、空荷になった大八車を押して行く。

「ちょいと、おまえ」

伝次郎が店に入りかけた手代ふうの男を呼び止めると、ギョッと必要以上に驚いた顔を振り向けてきた。

(なんで、ビクつきやがる)

伝次郎がそばに寄ると、相手はたじろぐように一歩さがった。伝次郎は眉宇をひそめる。

「おまえさん、この店の者だな。手代か」

「へえ、さようで」

「なんという名だ？」

「へえ、栄吉と申しますが、なにかご用で……」

栄吉には落ち着きがない。小心な鼠のようにビクビクしている。

「探している与太者がいるんだ。どこの何者か知りたいんだが……」

伝次郎はそういって、尾行した二人の男の特徴を話した。栄吉はまばたきもせず、何かに怯えたような顔をしていた。

「知らないか？　この辺をうろついているらしいんだが……」

伝次郎は栄吉が、その二人と本所尾上町の料理屋に行ったことは黙っていた。いまはそれをいうべきではないと感じたのだ。

「そんな人……わたしは見たことがありませんが……」

そう答える栄吉の視線があたりに彷徨《さまよ》った。伝次郎はすがめるように目を細めた。

(こいつ、嘘をついている。なぜだ？)

「知らないか……」

「はい」

伝次郎はしばらく栄吉を見つめた。栄吉は正視されるのに耐えられないのか、視線をそらした。

「まあいい。もし、そんな男に出会ったら、おれのことは内聞に頼む」

きつく訊問してもよかったが、ひとまず様子を見ることにした。おそらくそれが賢明なことだと思った。

栄吉と別れると、そのまま舟に戻り、大川に出た。

行くのは小名木川ではない。竪川を東に進み、亀井戸町の例の裏店に向かう。すでに日が傾きはじめている。川面が夕暮れの色に変わっている。川は天気や日の傾き加減によって、いろんな顔を見せる。

——川ってやつは生きてるんだ。

いつか、嘉兵衛がそんなことをいった。

——だから、川を甘く見てはならねえ。どんなに浅かろうが深かろうが、そこにはいつも魔物がひそんでいやがる。

教えられたことを実感していないが、伝次郎もだんだんそんな気がしていた。

脇目もふらずにまっすぐ舟を進める伝次郎は、会ってきたばかりの栄吉のことを考えた。

あの男はなにかを隠し、なにかに怯えていた。おそらくよからぬことに足を突っ込んでいるはずだ。

それが、良助を殺した人間や、自分を襲ってきた男に関係があるかどうかはわからないが、栄吉にはもう一度会う必要がある。

柳原六丁目の河岸場に舟を止めると、亀戸町の裏店に行った。何度来ても気の滅入るような裏長屋である。件《くだん》の家の前で足を止めて、家のなかに神経を研ぎすました。人のいる気配はない。

そのとき背後に人の立つのがわかった。

伝次郎はビクッと肩を動かして振り返った。

五

後ろに立っていたのは先日会った老婆だった。

「なにしてるんだい？」

老婆は猜疑心の勝った目を向けてくる。先日会ったことを忘れているようだ。

「この家に赤ん坊がいたはずだが……」

「もういないよ。昨日は泣き声も聞こえなかった」

「この家のものは？」

「さあ、誰なんだろうね。まったく妙な人間が越してきたもんだ」

老婆は首を振りながらあきれ顔をした。

「妙な人間というのはどういうことだ？」

「あんたもその仲間じゃないのかね」

「仲間……」

「入れ替わり立ち替わり男がやってくるんだよ。あんたもその仲間だろう」

老婆はにらむように見てくる。

「おれはちがう。とにかくこの家には誰もいないのだな」

「昨日から留守のようだね」

まったく変な男ばかり来やがると、老婆はぶつぶついいながら井戸端のほうへ歩いていった。

伝次郎は戸に手をかけてみた。なんのことはない。あっさり腰高障子は開いた。家のなかには誰もいなかった。それに生活臭がない。箪笥《たんす》や行李もない。湯呑み茶碗と丼が二つ転がっていて、煎餅《せんべい》布団がたたんである。しかし、その布団の横に荒縄が捨てられたように置いてあった。まるめられた手拭いも……。

伝次郎は荒縄と手拭いを拾いあげた。なぜ縄が、と思う。そして、湿《しめ》りを含んだ手拭い。

伝次郎は壁の一点を凝視した。

猿ぐつわをされ、体を縛られた人間の像が脳裏に浮かんだ。


「伴蔵さん、どうする？」

小平太はじっと伴蔵を見て、言葉を重ねた。

「店のこともわかっている。合い鍵も出来たんだ。明日も今日も同じじゃないか」

「おれもそのことは考えているんだ」

「だったら手っ取り早くやっちまおう」

「待ってくれ。焦ってしくじるってこともある」

そういう伴蔵ではあるが、小平太と同じ考えであった。

なにより栄吉のことが気になる。あの男は小心で臆病で正直者だ。女房子供を人質に取られてはいるが、ぽろっと人に漏らすかもしれない。栄吉は無事に女房子供を返してもらいたい一心で、いうことを聞いているにすぎない。

店が襲われ、人が殺されるとわかってもいる。おそらく自分も、女房子供も無事にはすまないと、最悪なことを考えているだろう。

「どうした伴蔵さん」

小平太が険しい目で見てくる。伴蔵は腕組みをほどいて、栄吉のことだとつぶやくようにいった。深川石島町の奥座敷だった。仲間は居間のほうで暇をつぶしている。

「やつは信用ならぬ」

小平太が首を振っていう。

「おめえもそう思うかい。栄吉が取る道は二つにひとつだからな。おれたちにおとなしくしたがうか、町方にたれ込むってことだ」

「やつはそれを悩んでいるだろう。だが、女房子供のことがあるから踏ん切りをつけられないでいる」

「刻《とき》を与えりゃ町方にたれ込むかもしれねえ。そういうことだな」

「すでにたれ込んでいたらどうする？」

「それはないはずだ」

否定する伴蔵だが不安を覚えた。

西日に染まった障子を見て、たれ込まれていることを考える。しかし、そうだったとしてもこの家のことを栄吉は知らない。町方は大黒屋を見張っているしかない。それも今日ではなく明日だ。

——明後日の夜、おめえの店に入る。

伴蔵は昨日、栄吉にそう話した。もし、たれ込まれていたら、町方が動くのは今日ではなく明日だ。

伴蔵はキラッと目を光らせた。

「よし、今夜やろう」

小平太はふっと口の端に笑みを浮かべると、

「仲間にそう伝えておこう」

といって、奥座敷を出ていった。ひとりになった伴蔵は、障子を開けて小庭を眺めた。日が翳《かげ》りはじめている。しおれた赤い桃の花が黒く見えた。

(人がほしい……)

いまさらのことではあるが、伴蔵はそんなことを思った。大黒屋には主・利助の家族と住み込みの奉公人をあわせて十二人がいる。

こっちは七人である。手が足りないのは明らかだ。

かといっていまさら仲間を増やすことは無理だ。増やすにしても信用のおける人間はそうそう集まるものではない。いまいる連中だって、いつ裏切るか知れたものじゃないが、たのみにするしかない。

あとはどうやって大黒屋の十二人を、七人で黙らせるかである。栄吉を使って毒を飲ませることも考えたが、うまくいくとはかぎらない。先に苦しみ悶《もだ》えるものが出れば、それで騒ぎになる。そうなると押し込むことができない。

やはり寝込みを襲って、ひとりずつ始末するしかないだろう。

「みんなやる気だ」

小平太が戻ってきて、伴蔵の前に座った。

「そうと決まったら忙しくなるな。段取りをつけよう」

「お光と赤ん坊はどうする?」

「兵三に始末させる。生かしておくわけにゃいかねえからな」

そういった伴蔵は腰をあげて、仲間のいる居間に移った。

みんなの顔をひと眺めすると、それぞれに指図をした。まず幸平を栄吉のもとに走らせることにした。栄吉には押し入るときの手引きをしてもらわなければならない。

「女房子供が無事だということを、よくいい聞かせておくんだ。それからやつが約束を破ってねえか、よくよくたしかめろ」

「まかしてください」

幸平は小太りの体を揺らしながら、にんまり笑った。

「みんなと落ち合うのは、九つ前、薬研堀の船着場だ」

「わかりやした」

「よし、行け」

幸平が家を出て行くと、伴蔵は隠していた舟を取りに行く者を決め、自分たちはこの家を払って場所を変えることを伝えた。さらに喜作をそばに呼び、

「おめえは舟を取りに行くついでに、深川の鶴之屋《つるのや》に行ってこい」

といった。

「鶴之屋の左兵衛《さへえ》さんですね」

「そうだ。やつに仲間を集めさせろ。三人でも四人でもいい」

「おい、どういうことだ」

小平太が眉根をよせて伴蔵を見た。

「やっぱり人数が足りねえ。仕事を手早くすませるために人を増やす」

「そんなことをしたら……」

「わかってるよ。だが、手伝わせるだけだ」

伴蔵が目配せすると、小平太は口を閉じた。人を増やして助《すけ》ばたらきをさせても、分け前をやるつもりはない。そのことを小平太も察したようだが、

「その鶴之屋ってのはなんだ？」

と、訊ねる。

「深川万年町でこぢんまりと飲み屋をやっている男だが、金儲けのためならなんでもやるやつだ。小賢《こざか》しいのが気にくわねえが、やつの仲間には似たような連中がいる。気に入らなきゃ考えなおすが……」

小平太は短く考える顔になったが、「いや、いいだろう。まかせる」と折れた。

伴蔵は最後に仲間と落ち合う場所と時間を決め、兵三をそばに呼び、お光と赤ん坊を始末するように耳打ちした。

「えッ、やっちまうんですか」

兵三は意外だったのか、驚いた。

「この家じゃまずい。どこか他のところへそっと連れて行ってやるんだ。死体がすぐ見つかるようなことはするな。わかったな」

「へえ」

六

伝次郎は伴蔵の家の近くにいた。家に灯りがある。伴蔵が戻っているのかもしれないし、留守を預かっている使用人だけかもしれない。だが、なにか動きがあるのではないかと、見張りつづけていた。

すでに夜の帳《とばり》は降り、夜商いの店の提灯や行灯に火が入れられている。暮れ六つ（午後六時）の鐘が、空をわたっていってすぐのことだった。

伴蔵の家からひとりの男が出てきた。提灯をさげている。その灯りが男の顔を照らした。

（やつだ……）

小間物屋の軒下にいる伝次郎は目を光らせた。

一度尾行した二人組のひとりだった。小柄で丸顔の太った男だ。伴蔵の家を出た男は、河岸道を急ぎ足で扇橋のほうへ向かった。

伝次郎はどうしようか迷った。一度伴蔵の家に目を向けて、尾行することにした。

男は扇橋そばの舟着場で舟を拾った。伝次郎が自分の舟をつないでいたそばであった。男の乗った舟が岸を離れると、伝次郎もしばらくしてあとを追った。

先を行く舟は提灯をつけているので見失うことはないが、念には念を入れて十分な距離を取った。

みんなが家を出て行くと、兵三はお光を匿《かくま》っている寝間に入った。赤ん坊に乳を含ませていたお光が、はっとした顔を向けてくる。

兵三はお光ではなく、うまそうに乳を飲んでいる赤ん坊を眺めた。それから、家に帰してやるといった。

「この家はもう払うんだ。おまえに用はなくなった」

「亭主は、あの人は無事なんですね」

お光は赤ん坊を抱えたまま、膝をすって兵三のそばに来た。

「ぴんぴんしているよ。それより、おれのいうことを聞くんだ」

兵三は後ろを振り返った。もう、仲間は誰もいなかった。

「帰してやるが、すぐってわけにはいかねえ」

「ど、どういうことです？」

お光の顔がこわばる。

なにも知らない赤ん坊は乳にむしゃぶりついたままだ。

「いいから黙っておれについてこい。悪いようにはしねえ。だが、騒ぎ立てるようなことをしたら、容赦しねえからな」

兵三は匕首をちらつかせて脅した。お光の顔に怯えが走る。

「さあ、立つんだ」

お光は赤ん坊をあやしたあとで、背中におぶいなおした。

「いいか、妙な真似はするな。それがおまえのためなんだ。わかったな」

お光は黙ってうなずいた。

兵三はそのままお光を連れて家を出た。赤ん坊は乳を飲んで満足したのか、お光の背中ですぐに眠りこけた。

お光のそばを離れずに歩く兵三は表道には向かわず、家の裏へまわりこんで、永《えい》代新田《たいしんでん》に足をのばした。このあたりは埋立地で、いまだ穀物の育たない場所だ。周囲には荒れた土地が広がっているだけだった。葦やすすきの藪《やぶ》があちこちにあり、低い木立が散見される。

兵三は細い水路に沿う畦道《あぜみち》を進んだ。伴蔵に始末しろといわれたが、兵三にはとてもできることではなかった。相手は乳飲み子だ。そんな赤子を殺すことなんかできない。また、お光を殺せば赤ん坊は生きていけない。

兵三は別れた女房との間に子供があった。お光が抱いている太助と同じような赤ん坊だった。兵三はそれまでの放蕩三昧《ほうとうざんまい》をやめ、その子を大事に育て、真面目にはたらこうと改心したのだが、その矢先に死なれてしまった。

あのときの悲しみは親になってみなければわからない。子は大切だ。それに、太助を初めて見たとき、自分の死んだあの子ではないかと錯覚するほど似ていた。なんの罪もない幼子を手にかけることなどできることではなかった。

「どこへ行くんです？」

お光が不安な声を漏らす。兵三は黙っていた。

しばらく行ったところに稲荷社があった。その前で立ち止まった兵三はあたりを見まわした。風に吹かれた藪が騒いでいるだけだった。人の姿はまったくない。空には星が散らばり、月が浮かんでいる。

兵三は稲荷社の階段を上って、こっちへ来いとお光に顎をしゃくった。お光は地面に足を吸いつけられたようにして動かなかった。その目には怯えと戸惑いがあった。

「早く来ねえか。ここで大声を出したって、誰にも聞こえやしねえ」

「乱暴はやめてください」

お光が泣きそうな顔でいう。

「そんなことはしねえ。ほんとうだ、約束する」

ようやくお光は足を動かした。そのままのろのろと階段をあがりながら、兵三に警戒の目を向ける。兵三はお光が社のなかに入ると、格子の扉を閉めた。

ギィーと、軋んだ音がして静寂が訪れた。

兵三はお光のそばに立つと、

「おまえを縛るが、おとなしくしているんだ。赤ん坊に乳をやれる縛り方をする」

と、諭すように話しかけた。

「…………」

「おれはおまえを殺すようにいわれたが、とてもできねえ。今夜一晩ここで過ごすんだ。明日の朝になったら、きっとそばに人が来る。そのときに助けを求めるんだ。おれたちゃ、今夜仕事をすましたら、そのまま江戸を離れる。だから、一晩だけの辛抱だ」

「……うちの亭主は、あの人はどうなるんです？」

お光は半分泣き声でいった。必死に救いを求める瞳をしていた。

「どうにもならねえ、明日になりゃ会えるだろう」

その保証はどこにもなかったが、そういうしかなかった。

「さあ、いうとおりにするんだ」

兵三はお光に縄をかけていった。

薬研堀不動のすぐそばに小さな居酒屋があった。

いまその店で、栄吉は男と会っていた。表で見張る伝次郎は、二人が出てくるのを辛抱強く待っていた。

伴蔵の家を出た男は、まっすぐ薬研堀に来ると、舟を待たせて、大黒屋のそばに行き、近所の店の丁稚《でっち》を使って栄吉を居酒屋に呼びだしたのだった。

夜風が少し強くなり、建て付けの悪い戸をカタカタ鳴らした。栄吉のいる店から客が出てきたが、それは例の男ではなかった。機嫌よく鼻歌を唄って通りを歩き去る。その男を見送ったとき、また店の戸が開いた。

先に栄吉が出てきた。しょぼくれたように肩を落としている。そして、例の小太りが表に現れ、短く声をかけて栄吉の肩をたたき、舟を待たせている薬研堀のほうへ歩き去った。伝次郎はその男を見送ってから栄吉に視線を戻した。

男は伴蔵の家に帰るはずだし、ここで男を問い詰めるのはおそらく早計だろう。それに男がなにを企んでいるのか、不明である。

男を見送った栄吉は、大黒屋とは反対の方向に歩いた。伝次郎は栄吉を尾ける。

米沢町一丁目の角を左へ折れ、しばらく行ってまた左に折れて横山同朋町にはいった。

栄吉の後ろ姿には覇気がない。足取りも重そうだし、さっきの男と別れるときは、心底弱り切った顔をしていた。

栄吉は細い路地に入ると、その先にある長屋に姿を消した。どうやら自分の家のようだ。腰高障子が閉まると、伝次郎はその家の戸口に立った。

「栄吉、邪魔をするぜ」

伝次郎が声をかけて、戸を引き開けると、栄吉が仰天したような顔を振り向けた。

七

「栄吉、どうしてそんなに怯える」

伝次郎は後手で戸を閉めた。

居間に座っていた栄吉は肩をすぼめて、膝の上に置いた手をにぎりしめていた。

「なにか困っていることがあるんじゃねえか。おれはおまえの味方だ。困っていることがあったら話してくれねえか」

「……どうしてお侍さんは、わたしにかまうんです？　いったいあなたはどういう人なんです？」

伝次郎は狭い家のなかを見まわした。一人住まいでないとすぐにわかった。それに子供がいるようだ。赤子の着物が箪笥のそばにたたまれているし、女物の着物も壁に掛かっている。

伝次郎は栄吉に顔を戻した。

「おれは沢村伝次郎という。元町奉行所同心だ」

栄吉の目が驚いたように見開かれた。

「わけあって、いまは船頭をやっている」

「船頭……」

「そうだ。だが、おれのまわりで妙なことが起きている。まず、世話になっている船宿の舟が盗まれた。そして、その船宿の船頭がひとり殺された。さらにおれは二度も闇討ちをかけられ、世話になった年寄りが殺された。下手人はわからずじまいだ」

栄吉は息を呑んだ顔で目をしばたたいた。

「おれは下手人を探すために動いている。そして、気になる男を何人か見かけた。そのひとりはさっきおまえが会った男だ。やつは何者だ？」

栄吉は口を引き結んでうつむく。

「おまえはなにか脅しをかけられているのではないか……」

伝次郎は上がり口の縁に腰かけて、栄吉をまじまじと見た。

「おまえに迷惑はかけない。いったいおまえの身になにが起きているんだ。栄吉、教えてくれないか」

「わ、わたしにはなにもわからないんです」

栄吉はうなだれて、肩をふるわせ首を振った。なにも聞かないでくれと、涙声で訴える。

「お侍さん、わたしにかまわないでください。そうでないと、そうでないと……」

声をふるわせていった栄吉はがばりと畳に額をつけて、苦しそうな声を漏らした。

伝次郎はそんな栄吉を痛々しく眺めた。

「栄吉、なにを隠している。人にいえばおまえの身に悪いことでも起きるのか？」

伝次郎は栄吉の肩に手をかけて話しかけるが、栄吉はいやいやをするようにかぶりを振るだけである。伝次郎はもう一度家のなかを眺めた。

「女房と子供がいるんだな。……出かけているのか？」

そういったとき、栄吉が顔をあげた。泣き濡れた目で、じっと伝次郎を見てくる。その目がなにかを訴えていた。

「まさか、女房と子供を攫われてでもいるのか……」

栄吉の顔が崩れた。

「そうなのか、人質に取られているのだな」

栄吉はなにもいわない。必死に唇を上の前歯で噛み、大粒の涙を目に浮かべた。栄吉の意思が伝次郎に伝わった。頭に閃くものがあった。亀戸の長屋で見た荒縄とまるめられた手拭いである。

もしやあの家に栄吉の女房と子供が監禁されていたのでは……。そして、伝次郎は赤ん坊の声を聞いていることを思いだした。

「栄吉、おまえの子供はまだ赤ん坊ではないか。おれはひょっとすると、その声を聞いている。亀戸の長屋だ」

栄吉ははっと目をみはった。

「だが、あの長屋の家にはもう誰もいなかった。今日の暮れ方のことだ」

「こ、声を聞いたんですね」

栄吉はそういって、すがるように伝次郎の膝に手をのせた。

「ぐずる赤ん坊の声だ。おまえの子なのだな」

栄吉は小さくうなずいて、そうかもしれないと、また目に涙を溜める。

「いったいおまえは、なにを脅されているんだ。教えるんだ。栄吉、黙っていちゃなにもわからぬだろう」

「だめです。いうことはできないんです。話せないんです。勘弁してください。でも、でも助けてほしい。助けてほしいけど、いえないんですよ」

栄吉はおいおいと、背中を波打たせてむせび泣いた。

伝次郎はこれ以上栄吉を問い詰めてもなにも話さないだろうと観念した。ゆっくり立ちあがると、栄吉を見下ろした。

「栄吉、おまえの女房と子供を救いだす」

栄吉が顔をあげた。

「見当をつけている家がある。これからそこへ行ってたしかめて、また戻ってこよう。それまで腹を決めておいてくれ。なにもかも話すと」

伝次郎はそれだけをいうと、栄吉の家を飛びだして舟を止めている薬研堀へ急いだ。

伴蔵は小平太と峰次といっしょに本所松井町《まついちょう》までやってきていた。歩きである。他の者たちは舟で薬研堀に移動し、夜九つ（午前零時）に大黒屋の前で落ち合うことになっていた。

「お頭、まだたっぷり刻はありますぜ」

まっすぐ大黒屋に向かうと思っていたのか、提灯を持って歩く峰次が狐顔を向けてくる。

「おれたちゃ押し入ったあとの算段を相談しなきゃならねえ」

「決まってるんじゃないんですか」

「そのときどきで、決め事は変わるもんだ」

「ヘッ、どういうことで……」

伴蔵は低く笑っただけだった。小平太はいつものように黙ったままだ。

「心配するな、おまえはおれといっしょにくりゃいい。なにも余計なことは考えるな」

「まさか、仲間を……」

峰次が息を呑む。

「分け前は多いほうがいい。そうじゃねえか」

伴蔵はさらりといってから、

「その辺の店に入ろうじゃねえか。なるたけ小さな店がいい」

と、河岸通りにある居酒屋の提灯に目を向けた。

しばらく行ったところに、めぼしい店があった。軒先に破れ提灯がさげてある。見るからにしけた店だ。そこにしようと伴蔵は暖簾をくぐった。

土間席だけの小さな店だった。浪人らしき二人組の客がいるだけで、がらんとしている。しょぼくれた女将が気だるそうな顔で、「いらっしゃいませ」といって迎えてくれたが、二人組の浪人の目がギョッと驚きに変わった。その目は小平太に向けられていた。

「きさま、村田じゃねえか」

ひとりが立ちあがった。蝦蟇面《がまづら》をした見るからに悪人顔だ。そして、連れの男も立ちあがり、小平太をにらんだ。こっちは痩せた小男だが、目つきは尋常でない。伴蔵は小平太を振り返った。普段の落ち着いた顔をしていたが、目には狼狽《ろうばい》の色があった。

「おぬしら、こんなところで……」

「村田、ここで会ったが百年目だ」

蝦蟇面が憎々しげな顔をして刀の柄に手をやる。すでに喧嘩腰である。

「どうなっているんだ？」

伴蔵は思いもよらぬ成り行きになったと小平太を見る。

「ここはおれにまかせてくれ」

小平太はそういってから、

「表で話そうではないか。おまえたちにはいずれどこかで会うと思っていたのだ」

と、二人にいって、店の表に出た。

小平太の誘いを受けた二人は、伴蔵を押しのけるようにして店を出ていった。

「お頭……」

峰次が落ち着かない顔で見てくる。

「おまえはここで待ってろ。様子を見てくる」

伴蔵はそういってから、

「おい、こいつに酒だ。おれたちも飲むから用意しておけ。肴はなんでもいいから適当につけてくれ」

と、女将に注文をして店の表に出た。

小平太と二人の男は、人気のない裏通りに歩いていった。その背中が闇に溶け込もうとしたとき、二人の男がさっと刀を引き抜くのが見えた。

伴蔵は一瞬立ち止まって、自分の刀を抜いた。小平太と二人の男が乱れるように動いたのはすぐだ。ここで小平太を失ってはならない伴蔵は、地を蹴って駆けた。

第六章　夜九つ

一

「うぐッ」

夜の闇に血飛沫《ちしぶき》が飛び散り、小平太に斬られたひとりが片膝をついた。蝦蟇面のほうであった。

「新兵衛《しんべえ》、きさまらまだ懲りねえのか。だったら、この場でそっ首刎《は》ねてやるぜ」

小平太が新兵衛という蝦蟇面に剣先を突きつける。もうひとりの男が、小平太の背後に回り込もうとしていた。

さっと、小平太は動いて、その男に剣尖を定めた。

「伊三郎《いさぶろう》、新兵衛を連れて帰れ。どうしてもやりたいというなら、きさまの命も今夜限りとなる」

伊三郎と呼ばれた小男は、片膝をついたままの新兵衛を見た。その刹那、伴蔵が新兵衛に斬りかかった。

チーン。

闇にひびく金音がして、伴蔵の刀がはねあげられた。

「なにしやがるッ」

伴蔵は小平太をにらんだ。

「やめるんだ。こんなところで騒ぎを起こしてどうする。おれたちには大事な用があるんだ。そうじゃねえか」

小平太にいわれて、伴蔵は数歩さがった。たしかにこんなところで命の取り合いをしたら面倒なことになる。

「わかった。そうだな」

伴蔵が答えると、小平太はもう一度、新兵衛と伊三郎に目を向けた。

「勝負ならいつでもしてやる。だが、今夜はそんな気分じゃねえんだ」

「おう、だったらいつやる？　刻と場所を決めてもらおうではないか。きさまにはたっぷりお返しをしないと、死んでも死に切れぬからな」

新兵衛は片腕に傷を負っているくせに強気なことをいう。

伊三郎は身構えてはいるが、すでに戦意をなくしている。伴蔵は黙って小平太と二人のやり取りを見守ることにした。

小平太はしばらく考えていたが、

「明後日、夕七つ、奥山裏の三本杉に来い。そこで勝負してやる」

と、二人にいった。

「明後日だな。卑怯《ひきょう》な手を使うんじゃないぜ」

伊三郎がいう。

「それはこっちの科白《せりふ》だ。わかったらさっさと去《い》ね。新兵衛の傷はたいしたことない」

小平太にいわれた新兵衛と伊三郎は、互いの顔を見合わせて、そのまま一方に歩き去った。

「なんだい、あいつらは？」

伴蔵は刀を納めて小平太を見た。

「……あの二人、見た目は違うが兄弟だ。そして、もうひとり弟がいたが、そいつはおれが斬った」

「それじゃおめえさん、追われていたのか」

「おれは逃げも隠れもしてねえさ。だが、今夜は具合が悪かろう。大事な仕事の前だ」

「そりゃそうだが、おめえさんはあいつらの兄弟の敵ってわけか」

「おれは斬るつもりはなかったが、やつらの弟が博奕《ばくち》の金を誤魔化しやがった。悪いのはあっちだ。おれには斬られるいわれはない」

「さっき、果たし合いをするようなことを口にしたが……」

「出鱈目《でたらめ》だ。おれはあんたと金を手にしたら、江戸を離れて静かに暮らす」

おまえもそうだろうと、小平太が見てくる。

「まあ、そうだが……」

「戻ろう」

小平太にうながされて、伴蔵は並んで歩いた。

「伴蔵さん、稼いだ金はおれと折半にしねえか。どうせ他のやつにはやるつもりはねえんだろう」

「まあな……」

「金を盗んだら、やつらを斬る。それでいいんだな」

「そうする。だが、峰次は残しておく。あいつには舟を漕いでもらわなきゃならねえ」

「……だったらもうひとり残しておこう。舟は二艘あるんだ。殺すのは金を無事に運んだあとでいいだろう」

「それもそうだ。だったら、兵三を使おう。やつはもとは漁師だ。舟の扱いにはなれている。だが、いっておくが……」

伴蔵は歩きながら小平太を見た。

「おれも殺す気じゃねえだろうな」

「そこまで悪党になるつもりはない。今度のことを考えたのはあんただ。少なからず恩を感じているんだ」

「へたなことをすりゃおれも黙っていねえぜ」

「たまには人を信じろ」

伴蔵は隣を歩く小平太を盗み見た。

こいつの腹のなかはどうなっているんだと考える。

最初に会ったのは上野広小路にある場末の飲み屋だった。仲間を集めているときで、目があった瞬間、こいつは引き込めると思って声をかけた。その勘はあたり、小平太は儲け話なら一口でも二口でも乗ると、簡単についてきた。それ以来の付き合いだが、まだ二月《ふたつき》と日は浅い。どこまで信用できるものか知れたものではない。

店に戻ると、峰次がどうしたのかと聞いてくる。

「おとなしく話はついた」

小平太はそう応じて、手酌《てじゃく》で酒をついだ。

「いったいどういうことです？」

「おまえは黙ってろ。なにも気にすることはない」

峰次はひょいと首をすくめたが、今度は店の女将が騒ぎだした。

「ちょいとあの人たちはどうしたんです？　戻ってこないんですか？」

「帰ったよ」

伴蔵がそういうと、女将は目を三角にした。

「帰ったって、あの人たち勘定を置いていかなかったんですよ。飲み逃げしたっていうんですか。ちょいと、それは困りますよ」

「うるせえ！　勘定ならおれが払う」

伴蔵は懐から小粒を取りだして、女将の足許に放った。一分銀五枚だった。女将は驚いたように目をぱちくりさせた。

「今夜はちょいと長居をさせてもらうぜ。それで足りなきゃ、もう二分前金で払っておく。文句はねえはずだ」

女将の表情が急にゆるんだ。

「長居でもなんでもしていってください。いいお客に来てもらって今夜はありがたいねえ。お酒もう一本おつけしましょうか」

現金な女将である。

「酒を持ってきたら、席を外してもらおうか、ちょいと内密な話があるんだ」

伴蔵のいうことに、女将は素直にしたがった。

二

河岸に舟をつけた伝次郎は、伴蔵の家に向かった。すでに夜の闇は濃くなっている。栄吉に会った男は、もう家に戻っているはずである。

だが、伴蔵の屋敷前に来て伝次郎の足が止まった。家のなかに灯りの気配がないのだ。出かけたのか？　だが、それならそれでいいと思った。栄吉の怯えようは尋常ではない。栄吉の身によからぬことが起きているのは明らかであるし、女房子供が攫われているのもほぼまちがいないはずだ。

伝次郎は戸口に立って耳をすました。やはり人の声も気配もない。戸に手をかけて横に引くと、すうっと開く。それでも用心しながら家のなかに神経を研ぎすます。

敷居をまたぎ土間に入り、家のなかに視線をめぐらせる。人はいない。いないが、さっきまで人がいたというのはわかる。それもひとりや二人ではない。

行灯を見つけて、火を入れた。座敷と居間に煙草盆や銚子や盃が、無造作に置かれている。盃の数からして五、六人はいたと思われる。

栄吉の女房と子供がいた形跡がないか、行灯を持って家のなかを見まわった。奥の寝間にそれと思われるものがあった。女物の簪である。栄吉の女房のものかもしれない。だが、子供がいたかどうかはわからない。

伝次郎は家のなかに視線をめぐらせた。ここにいた人間が家を出てそうたってはいない。

（どこへ行った……）

胸中で疑問をつぶやくそばから、栄吉の顔が浮かぶ。

――助けてほしい。助けてほしいけど、いえないんですよ。

涙にまみれた顔をあげて栄吉は懇願した。

この家のものたちと栄吉は、なんらかの関係がある。そして、それはあまり喜ばしいことではないはずだ。

もう一度、栄吉に会うために伝次郎は舟に戻った。

往ったり来たりと忙しいが、自分を襲った男は、伴蔵という反物の仲買人に関係しているはずだ。扇橋のそばで自分を見た男がいた。

闇討ちをかけられたのはそのあとのことだ。

闇のなかに目を光らせながら、棹を使って舟を進める。河岸道を歩く人の姿が少なくなっている。遠くから犬の吠え声が聞こえてきた。さかんに鳴くその声が、伝次郎を急《せ》き立てているようだった。

不吉な予感が胸の内に芽生えていた。それは夏の入道雲のように大きくなっていった。

万年橋をくぐり抜け、大川に出ると櫓を使った。下りは楽だが、上りは往生する。ぎぃ、ぎぃと、櫓が軋む。伝次郎はうっすらと汗をかいていた。冷えた川風が心地よいほどだ。

薬研堀に乗り入れると、脇目もふらず栄吉の長屋に急いだ。

ところが栄吉はいなかった。伝次郎は路地を駆け戻って表通りを見た。人の姿はない。すれ違ったものがいたが、それは栄吉ではなかった。

(店かもしれない)

こうなると自分の勘に頼るしかない。

伝次郎は栄吉に女房子供を救いだすといった。そのとき栄吉の目に、希望の色が浮かんだ。あのとき、伝次郎はもう一度戻ってくるといった。

栄吉が期待しているなら家で待っていなければならない。しかし、いなかったというのは、栄吉の身になにか起きたか、あるいは差し迫った用ができたからかもしれない。

大黒屋はひっそりと夜の闇に抱かれていた。昼間は忙しく人の出入りする繁盛店だ。間口も近所の店に比べると大きいし、奥行きもある。

天水桶のそばに空の大八車が置かれていた。軒に取り付けてある立看板が、カタカタと小さく鳴っていた。

伝次郎は裏にまわった。こちらは幅二間ほどの路地だった。路地の両側は互いの店が背を向けあう恰好になっている。やはり人の姿はなかった。

だが、大黒屋の勝手口から出てくる人影があった。立ち止まって目を凝らすと、相手も立ちつくした。

曲げていた腰を起こして、伝次郎に気づいたらしく、

「さっきの人では……」

と、声をかけてきた。

「栄吉だな」

声を返すと栄吉はあたりを忙しく見まわして、駆けよってきた。

「話ができませんか」

望むところである。

「こっちへ」

栄吉は伝次郎をいざなって早足で歩く。落ち着きなくあたりに注意の目を向けるのがわかる。

「いったいなにがあるのだ?」

「いま話しますので……」

栄吉は自分の家に近い居酒屋に入った。暖簾は下ろされていたが、店のものと顔見知りらしく、長居はしませんからと断って入れ込みの隅にあがり込んだ。銚子を二本だけ注文して、酒を持ってきた小女が板場にさがると、

「沢村さんとおっしゃいましたね。元は御番所の同心だったと……」

栄吉は声を抑えて必死の目を向けてくる。

「いかにもそうだ」

「お察しのとおり、わたしの女房と太助という乳飲み子が人質に取られているんで

す」

「なぜだ？」

栄吉は唇を嚙んで躊躇いを見せた。伝次郎はその様子を見てから、伴蔵の家で見つけた簪を懐から出した。

「これに見覚えはないか」

訊ねるやいなや、栄吉の目が大きく見開かれた。

「こ、これは女房のお光のです。これをどこで……」

「伴蔵という男の家だ」

あっと、栄吉は口を半開きにした。知っているのだ。

「栄吉、もう隠すことはない。おれはおまえの力になる。知っていることを教えてくれ」

「ずいぶん迷ったのですが、とんでもないことになっているのです」

栄吉はそういってから、女房と子供を人質に取られてからのことをかいつまんで話していった。伝次郎は話を聞いていくうちに、腹のなかに怒りをため込んでいった。

伴蔵は大黒屋の金を盗むために、気の弱そうな栄吉に目をつけ、女房子供を人質にして盗みの手伝いをさせていたのである。

「盗みに入ったら、大黒屋にいるものたちを始末すると、そういっているのだな」

「へえ、恐ろしいことです。ですが、わたしは合い鍵を造るために旦那さまの鍵を盗みだし、店の絵図面までわたしております。そうしなければ、お光と太助の命もわたしの命もないものと思えと……」

脅されたときのことを思いだしたのか、栄吉はぶるっと体をふるわせた。

「やつらが押し入るのは九つ（午前零時）過ぎなのだな」

「そういっていました」

伝次郎は夜四つ（午後十時）の鐘をさっき聞いたばかりだ。いまから手を打てば間に合うし、間に合わせなければならない。

「栄吉、伴蔵に何人の仲間がいるか知っているか？」

「よくはわかりませんが、五人は会いました」

伝次郎は伴蔵の家に転がっていた盃と煙草盆を思いだして推量をはたらかせた。

大黒屋には、主家族と奉公人を合わせて十二人がいる。それだけの人数を、五人では押さえるのは難しい。少なくとも伴蔵一味は十人はいるはずだ。

「栄吉、おまえはこれから大黒屋に戻っておれを待つのだ」

「へえ、でもどうなさるんで……」

「町方を呼ぶ。捕り方を揃えるのは難しいかもしれぬが、こっちも人数を揃える。それからおれが戻るまで、今夜のことは店の者には黙っておれ。口外してはならぬ。話はおれがする」

「それでよろしいんで」

「よい。ゆっくりしている暇はない。さあ、先に行け」

伝次郎は栄吉が店を出て行くと、少し間を置いて表に出た。

三

伝次郎は横山町の番屋を訪ねた。

「これは沢村の旦那では……」

店番《たなばん》が驚き顔で迎えてくれた。そして書役も、そばにいた番人も伝次郎のふいの訪《おとな》いに嬉しそうな顔をした。

「おやめになったと聞いて、その後どうされているのかと、ときどき話していたんでございますよ。さあ、おあがりください」

すっかり禿げあがった書役が勧めてくれる。

「そんな暇はないのだ。急ぎ、南町の同心・酒井彦九郎さんの屋敷に走ってもらいたい。のっぴきならぬことが出来《しゅったい》しておる」

伝次郎はそういうと、手短に用件を伝えた。自身番にいた三人の顔が急にこわばった。

「それは大変なことではございませんか」

「天吉《てんきち》、いまの話を急ぎ酒井さんに伝えるのだ。おれは大黒屋に行くが、賊が押し入る前に店のものたちを逃がしたい。おまえたち、手伝ってくれ」

「へえそれはもうなんでもいたします。天吉、そういうわけだ。そんなとこへ座っていないで、早く行くんだ」

書役にいわれた番人の天吉が、さっと立ち上がって自身番を出ていった。

「二人には大黒屋のまわりを見まわってほしい。いつものように拍子木をたたきながら、あやしげなものがいないか見てくれ。いないようなら、大黒屋の前に来て、三回つづけて拍子木をたたけ」

「わかりました。そんなことならお安いご用です。杉作《すぎさく》、早速支度をして見廻りに出よう」

「そういえば、この町を預かっているのは玄五郎《げんごろう》だったな」

岡っ引きである。

「へえ、親分は変わっていません」

「だったらあやつも見廻りの手伝いをさせろ。だが、くれぐれも賊にあやしまれるようなことはするな」

伝次郎は自身番を出ると大黒屋に足を急がせた。周囲に警戒の目を光らせながら、辻に来ると立ち止まってあたりを見た。

栄吉に釘は刺したが、今夜のことを店のものにまだ話してほしくない。もし、賊が入ることを知れば、店のものは慌てて逃げるだろうし、無用に騒ぎ立てるだろう。そうなると、伴蔵らはあきらめて引きあげてしまうかもしれない。そのままなりをひそめられると、見つけだすのは難しくなるし、なにより栄吉の女房と赤ん坊のことがある。

伝次郎は周囲に十分注意の目を向けてから、大黒屋の勝手口に入った。

すぐに栄吉が飛んできて、座敷に案内した。すでに主家族と住み込みの奉公人たちが集まっていた。

「いったい、こんな夜更けに何事でございますか」

真っ先に声をかけてきた男がいた。不平そうな顔をしている。伝次郎は集まっているものたちをひと眺めしてから、

「そのほうがこの店の主か？」

と聞いた。

「利助でございます」

「今夜この店に賊が入ることになっている。賊は金を盗むことが目的であるが、店にいるものたちを皆殺しにするつもりだ。金のためなら手段を選ばぬというわけだ」

一同は驚きの声を発し、互いの顔を見合わせた。利助も狼狽したが、表情を引き締めて伝次郎を見た。

「そんなことがどうしてわかるのです？　それにお侍の旦那はもとは御番所の同心だったとおっしゃるようですが……」

「おれのことを疑うのは勝手だが、嘘はいっておらぬ。現に栄吉は女房子供を人質に取られ、この店の絵図面や金蔵の合い鍵を造る算段をつけている」

利助だけでなくその場に集まっているものたちが、一斉に栄吉を見た。口々にほんとうなのか、どうしてそんなことになったなどと疑問を口にする。栄吉はうつむいて弁明に窮していた。

「栄吉、ほんとうかい。ほんとうにそんなことを……」

「申しわけございません。そうしなければ、お光も太助もそれにわたしも殺されてしまうと脅されて……いうことを聞かなければ、どうなるか怖くて怖くて……」

利助は驚き顔に、あきれたという色を刷き、視線を彷徨《さまよ》わせた。

「それならすぐに御番所に知らせて取り押さえてもらいましょう。誰か番屋に走っておくれでないか。こんなところで話を聞いていてもしかたがない」

「慌てるな」

伝次郎はぴしゃりと、利助を遮った。

「町方にはすでに知らせてある。おって手勢を連れて賊を押さえに来るはずだ。いま、無用に騒げば、賊を逃がしてしまうことになる」

「そんな……。それじゃわたしたちは賊が来るまで、ここでビクビクしながらじっとしていろとおっしゃるんですか。もし、御番所の捕り方が遅れるようなことになったらどうするんです。相手はわたしたちを皆殺しにするといってるんでございましょう」

そうだと、利助ははたと気づいた顔をして、栄吉を見た。

「栄吉、おまえさんはその盗人の居場所を知っているのではないか。だったら、そこへ捕まえに行ってもらったらどうだ」

「わたしは知らないんでございます」

栄吉は情けない顔でいう。

「賊はもう動いている。すでにこの店のまわりにひそんでいるかもしれぬ」

「げッ。なんということを」

利助が大きく目をみはれば、他の者たちも居心地悪そうに、尻をもぞもぞと動かす。

「だが慌てるな。段取りはつけてある。番屋のものと玄五郎が見廻りをしている」

「玄五郎って、あの岡っ引きの親分ですか」

「そうだ。あやしい人影がなければ、あやつらが合図を送ってくる。そうしたらおまえたちはこの店からいったん逃げるのだ」

「でも、もし賊がすでにいたらどうします？」

「そのときはしかたない。賊が入ってくるのを待つだけだ」

「それじゃ殺されるではありませんか。そんなことはごめんです。賊がいようがいまいが、いま逃げたほうがいいではありませんか」

そうだ、そうしたほうがいいという声があちこちであがった。

「待て待て。みんなの命が大事なのはわかる。だが、賊を押さえるのも大事なことだ。悪党をみすみす逃がすことはない」

「そんなことをいわれても、わたしたちの命も店の金も取られたらどうします。そうだ、沢村さんとおっしゃいましたね」

利助の目に猜疑の色が浮かんだ。伝次郎がそうだと答えると、利助は言葉を継いだ。

「まさかあなたもその盗人の仲間ってことはないでしょうね」

伝次郎はみんなの視線を浴びた。

「わたしたちを唆《そそのか》して、盗人が入りやすいように仕向けてるんじゃないでしょうね。元御番所の同心だったといわれますが、それはまことのことでございましょうか」

「嘘はいっておらぬ。とにかくおれのいうことを聞いてくれ」

「いや、どこまで信用できたものかわからない。盗人が入るとわかっていながら、ここにじっとしているほうがおかしい。やっぱり番屋に誰か行ってきておくれ。賊が捕まろうが、捕まらなかろうが、わたしはこの店とここにいるものたちの命が大事です。誰かさっさと知らせに行っておくれ」

「慌てるな」

「これが慌てられずにいられますか」

伝次郎と利助はにらみ合った。

「とにかくもう一度おれの話をよく聞け」

伝次郎は辛抱強く説得することにした。

四

横山町の自身番の番人・天吉から知らせを受けた酒井彦九郎は、中間の甚兵衛《じんべえ》を連れて自宅屋敷を出たところだった。向かうのは町奉行所ではなく、朋輩《ほうばい》同心の松田久蔵の屋敷だった。

町奉行所に走ることも考えたが、まずは久蔵に声をかけるべきだと判断したのだ。それに屋敷は同じ八丁堀であるし、すぐそばである。彦九郎は落ち着きなく歩きながら、空に浮かぶ冴えた月を見あげ、それからついてくる甚兵衛を見て立ち止まった。

「いかがされました?」

甚兵衛が目をぱちくりさせる。身のまわりの世話はよくやってくれる年寄りだが、からきし腕は立たない。

「おまえは万蔵と粂吉を呼びに行ってくれ。二人に会ったら、横山町の自身番に行くように伝えるんだ」

「それでよろしいんで……」

「よい、早く行け」

甚兵衛が走り去ると、彦九郎は再び急ぎ足になって松田久蔵の屋敷に向かった。

久蔵の家の木戸門を入って玄関に行き、遠慮なく戸をたたき声をかけた。もうすでに四つ半（午後十一時）は過ぎている。彦九郎の声で玄関に出てきたのは、久蔵の妻・妙《たえ》だった。手短に用件を伝えると、妙は急いで寝間に引き返し、しばらくして久蔵が寝ぼけ眼で出てきた。

「いったい何事だ？」

「酒臭いな」

「寝酒をやったのだ。それでいかがした」

「薬研堀に大黒屋という米問屋がある。その店に今夜賊が押し入るのだ」

「なに」

久蔵はたちまち目の覚めた顔になった。

「沢村伝次郎からの知らせだ。詳しいことはわからぬが、女房子供を人質に取られた大黒屋の手代が、賊に算段をつけたそうだ。とにかく伝次郎が助を頼んでいる」

「賊は何人だ?」

「十人ぐらいらしい。伝次郎がどうやって賊のことを嗅ぎつけたのかしらねえが、じっとしているわけにはいかねえ。これから捕り方を仕立てる暇はない」

「暇はないって、もう賊が入るというのか」

「九つという話だ」

「それじゃもう半刻もないではないか」

「だから慌てているんだ。他の連中にも声をかけようと思うが……」

「待て、それはいかがなものか。おれたちは伝次郎に借りはあるが、伝次郎に同情をしている者ばかりではない。それに、この話の真偽はまだ曖昧だ」

「なんだと」

彦九郎は眉間にしわを彫った。

「伝次郎からじかにおぬしは聞いたわけではなかろう」

「聞いたのは番屋の番人からだ。伝次郎が遣わした男だ。疑うことはないだろう」

「それはおれも疑いなどはせぬ。だが、委細もわからず他の同心に助《すけ》を頼んでいいかどうかということだ」

うむと、彦九郎はうなった。

たしかに、伝次郎が自ら引責したことは、天晴《あっぱ》れだと評価するものもいるが、やつかみや僻《ひが》み根性なのか、いまだに伝次郎を非難するものも少なくない。誰もが伝次郎の肩を持っているわけではなかった。

それに、大黒屋に賊が入るというたしかな情報を、彦九郎は持っていない。もし、賊が現れずに無駄足となったならば、彦九郎と久蔵が厳しく叱責されるのは、火を見るより明らか。もっとも犯罪を未然に防げることになるではあろうが、その辺は思案のしどころであった。

「どうする？」

久蔵の声で、彦九郎は顔を戻した。

「おれたちだけで動くしかねえ。万蔵と粂吉を呼びにやっているので、おまえも小者を連れて行くんだ。それから中村直吉郎にも声をかける」

「いや、あやつはいまは屋敷にはおらぬ」

中村直吉郎も伝次郎と大目付・松浦伊勢守の屋敷に入った同心だった。

「どういうことだ？」

「直吉郎は品川だ。日本橋の豆腐屋の主を殺した棒手振を捕まえに行っている」

「それじゃおれたちだけでやるしかない」

「相手は十人だというが、おれたちだけで間に合うか」

「ばか、おまえはたったいま他のやつらは頼めねえといったばかりではねえか」

「そうだったな。とにかく伝次郎もいるんだったら、十人ぐらいなんとかなるだろう」

「小者や町の岡っ引きもいる。捕り方に頼ることはねえ。おれは先に横山町の番屋に行って待っている。早く支度をしろ」

久蔵が奥の間に急いで戻ると、彦九郎も横山町に急いだ。


「ほら、聞こえてきただろう。拍子木が三つだ」

伝次郎は利助の顔を見た。たったいま、伝次郎がいったように近所の見廻りをしている自身番のものが、約束どおり拍子木を打ち鳴らしたところだった。

伝次郎は疑いつづける利助を、戸の隙間から表をのぞき見させた。そこには自身番の書役と店番、そして町の岡っ引き・玄五郎の姿があった。

「わかったか？」

「へえ。たしかにおっしゃるとおりです。それじゃ、どうすれば……」

ようやく利助は疑いを解いてくれた。伝次郎は潜《くぐ》り戸を少し開いて、表にいる書役の忠兵衛《ちゅうべえ》に声をかけた。

「あやしい者はいないか？」

「へえ、いまのところはいません。この近くにもそんな姿はありません」

忠兵衛が答えると、顔見知りの玄五郎が「旦那、お久しぶりです」と、伝次郎に声をかけてきた。

「元気そうだな。これから店のものをひとりずつ逃がすが、賊に気づかれるとまずい。おまえたちは町の角で目を光らせておれ。なにかあったら、提灯を頭の上にあげて合図を送るんだ」

「へえ、承知しました」

伝次郎は利助を振り返って指図をした。

「みんなをここに集めてくれ。これからひとりずつ店を出てもらう」

月が雲を呑み込み、また吐きだした。

収まっていた風が出てきて、腰高障子がカタコトと音を立てた。

横山町の自身番に入った彦九郎は、火鉢を抱きかかえるようにして座っていた。

上がり框に、小者の粂吉がいた。万蔵は酒を飲んで酩酊《めいてい》しているので使い物にならないという。

「あの野郎、よりによってこんなときに……」

彦九郎は歯噛みをする思いだが、予期もしない出来事なので万蔵を責めることはできない。あとは久蔵と久蔵の小者二人が頼りだ。

もっとも玄五郎もいるし、自身番詰めの店番と番人も手勢にはなる。自身番には刺股《さすまた》や突棒《つくぼう》、袖搦《そでがらみ》といった捕り物道具も揃っている。

表に雪駄の音がして、久蔵がやってきた。連れてきたのは、八兵衛《はちべえ》という小者ひとりだった。

「八兵衛だけか」

彦九郎は久蔵を見るなり、そういった。

「貫太郎《かんたろう》は家にいなかったのだ。飲み歩いているのかもしれぬ」

「しかたねえか」

彦九郎はぬるくなった茶を飲んだ。

「こっちは何人だ？」

久蔵がそばに来て訊ねる。

「おれとおまえ、八兵衛と粂吉、あとは玄五郎とこの番屋の者たちだ」

「それに伝次郎をくわえて、九人か……」

「なんとかなるだろう。いや、なんとかするんだ」

そんなことを話していると、見廻りに出ていた書役の忠兵衛が戻ってきた。店番の杉作と岡っ引きの玄五郎もいっしょだ。

「大黒屋のものたちは避難を終えました」

忠兵衛が報告した。

「賊に気取《けど》られるようなことはなかっただろうな」

「それはないはずです」

「よし、みんな心して聞け」

彦九郎はそういって、大黒屋の四方を手分けして囲い込むように見張る段取りをつけていった。

「相手は十人だというが、もっと多いかもしれねえし、少ないかもしれねえ。とにかくひとりとして逃がすな。だが、やつらが大黒屋に入るまでは手出し無用だ」

五

小平太と峰次を連れた伴蔵は薬研堀で、仲間がやってくるのを待っていた。数艘の舟が船着場に舫われているが、仲間が盗んだ猪牙舟はまだ来ていない。

三人は提灯を消して、暗がりに佇《たたず》んでいた。

「押し入る前に、店のまわりの様子を見よう。まさか、栄吉が裏切っているとは思えねえが、用心するに越したことはねえ」

「しくじったら目もあてられぬからな」

伴蔵に応じた小平太は、くわえていた爪楊枝《つまようじ》をぷっと吹き飛ばした。

あたりは静かだ。昼間の喧噪《けんそう》はどこにもない。聞こえるのは猫の鳴き声ぐらいだった。

「来たようです」

大川のほうに注意の目を向けていた峰次が、伴蔵と小平太を振り返った。

難波橋をくぐってくる猪牙があった。舟提灯をつけていないので、その影が滑るようにやってくる。仲間の黒い影が舟の上に見えた。

やがて、舟が荷揚場につけられると、仲間がつぎつぎと河岸道にあがってきた。

伴蔵の息のかかった鶴之屋の左兵衛の顔もあった。

「久しぶりだな伴蔵さんよ。おれの知らねえとこでいいことしてるじゃねえか。もっと早く声をかけてくれりゃよかったのに。殺生《せっしょう》だぜ」

「あんたには面倒をかけさせたくなかったからだ。連れてきたのは……」

伴蔵は左兵衛のそばにいる男を数えた。三人だ。これで十一人になったので、大黒屋の人間はあっさり押さえることができる。

「手はずどおりにやるぜ。金を奪ったら、舟で千住《せんじゅ》まで行く。そこで金を分けて、あとは江戸とおさらばするだけだ。いいな」

伴蔵は蒼《あお》い月明かりを受ける仲間の顔を眺めた。

みんなその気になっている目つきだ。千住大橋を渡った先は、町奉行所の支配地ではない。そこまで行けば、ひとまず安心できる。

「舟は二艘です。七人はきついんじゃありませんか」

喜作が仲間を見まわしていう。

「舟に乗るのはおれと村田さんだ。船頭役は峰次と兵三だ」

「え、それじゃ他のものは……」

「歩きだ。金を持ち逃げすると思ってんじゃねえだろうな。心配だったら、川沿いに舟を追いかけてこい」

伴蔵は喜作をにらんでつづけた。

「それがいやなら、適当な舟をいただいてついてこい。舟はここにいくらでもある。どうするかそれはてめえで決めろ。どうしようがおれには文句はねえぜ」

薬研堀には十数艘の舟が舫われていた。どれも猪牙舟や荷舟であった。闇のなかでゆっくり揺れているが、それは黒い影にしか見えない。

「だったらおれたちも、その辺の舟を盗んでついていきましょう」

(勝手にすりゃいいんだ)

伴蔵は腹のなかで吐き捨て、どうせおめえらは生かしちゃおかねえんだからと、ほくそ笑む。それから兵三を見た。

「兵三、お光とあの赤ん坊はどうした。ちゃんと始末してきたか」

「へえ、ちゃんと……」

兵三が視線を外したので、伴蔵は気になった。顔をしかめて一歩詰め寄ると、兵三が驚いたように一歩さがった。

「ちゃんとってえのはどういうことだ？」

「いわれたとおりに始末しました」

やはり兵三は目を合わせない。伴蔵はじっと兵三を見つめた。

「てめえ、なぜおれを見ねえ。どうやって始末した。いえ」

「首をかっ切ったんです」

伴蔵はさっと兵三の刀を引き抜いた。

そのまま、月光に刃をあてて、鍔元《つばもと》を指先でなぞった。血を吸った刀ではないとすぐにわかった。ギラッと目を光らせると、いきなり兵三の首に刃をあてがった。

とたんに兵三が竦みあがり、息を呑む。

「嘘はいけねえぜ。嘘をつくやつァ、いずれ仲間を裏切る。てめえ、生かしちゃおけねえ」

伴蔵はそのまま兵三の首を斬ろうとしたが、小平太が割って入った。

「やめるんだ。兵三を失えばどうなる。仕事を手際よくすますには、人はひとりでも多いほうがいいはずだ。それに兵三は舟を漕ぐ仕事もある」

たしかに小平太のいうとおりである。伴蔵は息を吐いて刀を放した。兵三は足をふるわせていた。

「だが兵三よ、まさかそのまま逃がしたというんじゃねえだろうな。大目に見てやるから正直にいうんだ」

兵三は躊躇いを見せたが、

「石島町の屋敷の裏に縛ってきました。永代新田です。明日の朝までは誰も気づきゃしません。めったに人の行くとこじゃありませんから……」

といって、刀をあてられていた首筋を揉むようになでた。

「放っておけ。おれたちゃ金を盗んで江戸を離れるだけだ」

小平太がなおも諭す。だが、伴蔵は気になるからか、

「明日の朝まで絶対にあの女と赤ん坊は見つからないんだな」

と、兵三にたしかめた。

「見つかりっこありません。請け合います。ほんとうですよ」

そのまま伴蔵は兵三をにらみ据えたが、ひとまず溜飲《りゅういん》をおろすことにした。

「てめえの言葉を信じることにするが、今度おれのいうことに逆らうようなことをしたら、そのときこそてめえの命はねえと思え。わかったな」

「はい……」

「刀は返してやるが、ヘマをするんじゃねえぜ」

伴蔵は兵三に刀を返して、みんなに顔を向けた。

「よし、これから大黒屋に行くが用心しろ。そんなことはねえと思うが、もし町方のような野郎がいたら、今夜の押し込みは中止だ」

「やめるんですか？」

喜作が目をぱちくりさせる。

「捕まったら目もあてられねえだろう。そんときは仕切りなおしだ。兵三、おれはそういうことになったら困るから始末しろといったんだ。このくそったれが」

兵三は小さくなってうなだれた。

「とにかく、町方に張り込まれていちゃ困る。用心してそんなやつがいねえか、たしかめるんだ。なにもなきゃそのまま押し入る。よし、みんな散って行くんだ。金を盗んだら、ここに戻って舟で逃げる。いいな」

全員、心得たというようにうなずいた。

六

もう、間もなく九つだろう。そう思った伝次郎は、吸っていた煙管の吸い殻を灰吹きに落として、腰をあげた。

「どこへ行かれるんで……」

栄吉が心細そうな顔で伝次郎を見た。

「二階から表の様子を見るだけだ。すぐに戻る」

「でしたらわたしも……」

ひとりでいるのがよほど怖いのだろう。栄吉は二階にあがる伝次郎のあとについてきた。

二階の雨戸を小さく開けて、伝次郎は表の暗がりに目を向ける。

表通りに人の姿はない。見廻りの木戸番小屋の番人も、自身番のものも見えない。それこそ野良猫さえいなかった。

だが、伝次郎は路地の入口や商家の軒先に目を光らせた。人の気配はない。月明かりを受けた甍《いらか》が、鈍い光を放っている。さっきまで吹いていた風もやんだようだ。

伝次郎はそのまま一階の座敷に戻った。そこは居間と帳場裏の客間に挟まれた中座敷で、ともしている百目蠟燭の灯りが漏れる心配はなかった。

「栄吉、もう少し落ち着け。店のまわりには捕り方が来ているはずだ。賊はちゃんと押さえる。おまえには指一本触れさせやしない」

「は、はい」

伝次郎はごろりと横になって、片手枕をした。そのまま壁の一点を見つめる。

酒井彦九郎に今夜の一件が伝わっていれば、町奉行所は動く。しかし、捕り方を揃える暇があっただろうかと、時間のことを気にした。緊急で捕り物をやるとしても、町奉行所はあくまでもお役所であるから、上役や町奉行の裁可をあおがなければならない。

それができなかったら人は揃わない。もし、そうだったとしても、伝次郎は酒井彦九郎や松田久蔵が助に来ているという確信があった。

彦九郎も久蔵も年季の入った町方同心であるから、賊に気取られないようにこの店を見張っているはずだ。そうでなければならない。

伝次郎は起きあがって、すっかり冷めてしまった茶に口をつけ、静かに栄吉を見つめる。

「栄吉、おまえは伴蔵らがやってきたら戸を開けて、そのまま表戸に向かうんだ。そのこと忘れるな」

もう何度もいっていることだった。

「へえ、わかっております」

「賊に戸を開けてやるときは気をつけろ。斬られないように、さっき教えたとおりに立つんだ。わかっているな」

「はい」

「忘れるんじゃないぞ」

伝次郎は湯呑みを置くと、襷《たすき》をかけ、座ったまま尻端折りをした。

「賊が入ってきたら、すぐさま表に逃げる。それも忘れるな」

栄吉は生つばを呑んでうなずく。

「それにしても静かだな。これを嵐の前の静けさというのか……」

伝次郎はのんびりしたことをいって、またごろりと横になった。栄吉は正座したまま、膝を両手でがっちりつかんでいる。

しばらくして、九つを知らせる鐘の音が聞こえてきた。これは注意を引くために鳴らされる捨て鐘だった。三回鳴らされることになっている。一回目が聞こえたとたん、栄吉がビクッと肩を動かして、地蔵のように体を固めた。

やがて、刻を知らせる鐘がぼーんと、鳴った。いよいよだなと、伝次郎は身を起こして差料を引きよせた。栄吉はもぞもぞ尻を動かして、救いを求めるように伝次郎を見る。

「おまえも男なのだから、しっかりするんだ。さあ、裏の勝手口に行って待て。なにかあればすぐにおれが飛びだしてゆく」

伝次郎がうなずくと、栄吉はおろおろと立ちあがり、後ろ髪を引かれるように何度も伝次郎を振り返った。それでも勇気をふりしぼったのか、何度もいい聞かせたように勝手口の前に控え、いまにも小便をちびりそうに足踏みをする。

時の鐘が聞こえなくなると、再び静寂が訪れた。伝次郎は大刀の鯉口を切り、ついで引き抜いた。燭台の灯りを受けた刀身がきらりと光る。

そのとき、栄吉の声がした。小さくふるえる声である。

「お待ちください」

伝次郎はゆっくりと襖に近づき、耳をすます。

「いま、開けますから……」

静かに戸の開く音を、伝次郎の耳がとらえた。

カッとみはった目に力を入れ、唇を引き結んだ。栄吉が土間を急ぎ足で進む音がした。賊が入ってきた気配がある。

ひとり、またひとり……そして、もうひとり……。

伝次郎は五感を研ぎすまして、下腹に力を入れた。賊たちの気配が店のなかに濃くなった。近くに人の気配。

伝次郎がさっと襖を開いたのはそのときだ。暗かった土間と居間に、中座敷にともしていた百目蠟燭の灯りがさっと射し、賊たちの姿を浮かびあがらせた。

「栄吉、逃げろ！」

いうが早いか、伝次郎は目の前にいたひとりをたたき斬っていた。血飛沫が派手に飛び散り、障子に赤い絵模様を描いた。どさりと男が倒れたとき、

「くそ、はかられた！」

と、ひとりの男が毒突き、逃げようとしたが、

「うわー、表に町方がいるぞ！」

と、驚きの声があがった。

伝次郎はその声を聞いて、勇気を得た。

やはり酒井彦九郎は捕り方を手配していたのだ。

逃げ場を失った賊たちは、栄吉が逃げた表戸のほうに殺到してきたが、その前に伝次郎が立ち塞がって阻止した。賊は刀を振りまわして、撃ちかかってくる。

伝次郎は相手の刀をはね返し、打ちたたき、そして脛を斬る。

正面から撃ちかかってこようとした男が、伝次郎の迫力に気圧《けお》され後じさった。

しかし、伝次郎は迷いもなく男の脳天に剛刀をうならせた。刀は男の頭蓋をかち割

り、脳漿《のうしょう》をまき散らした。横から突いてきた男がいた。伝次郎は半身《はんみ》をひねるなり、下げていた刀を斜め上方に振り抜く。

「ぎゃあー」

相手は獣じみた悲鳴を発して後ろ向きに倒れた。血飛沫が飛び散り、伝次郎の顔が返り血に染まった。だが、そんなことにかまっている暇はない。賊たちは死に物狂いで逃げようとし、また活路を見出すために伝次郎に襲いかかってくる。

伝次郎はかかってくる相手の脾腹《ひばら》を斬りつけ、振り抜いた刀を返すなり、つぎの敵を倒す。首根をたたき斬り、背中に一太刀浴びせる。長脇差を腰だめにして突っ込んでくる者がいた。伝次郎は逃げずに相手の懐に飛び込み、土手っ腹に刀の切っ先を埋め込み、抉るようにして抜く。

「うぐぐっ……」

男は信じられないようにカッと目を見開き、自分の腹を見た。臓物《ぞうもつ》が飛びだしていた。

かかってくる男たちを果敢に斬りつけて奮戦する伝次郎は、賊の人数が多いことに気づいていた。だが、それも徐々に少なくなっている。

襖や障子が倒れ、壁に血痕が走り、床や畳には血だまりができていた。もがき苦しみ、悶えている賊がいる。悲鳴と怒鳴り声が交錯していた。彦九郎や松田久蔵の応援を得ているのはわかったが、伝次郎にそれをたしかめる余裕はなかった。

「南町奉行所だ。悪党ども、おとなしく縛《ばく》につけ！」

聞き慣れた彦九郎の怒鳴り声がした。しかし、賊たちは活路を見出すのに必死である。奥の間に駆けて行くものがいる。それを追う足音。階段を慌ただしく上るものもいる。刃の噛み合う音が間断なくする。

伝次郎は逃げようとする賊の襟をつかんで引き倒し、鳩尾《みぞおち》に柄頭《つかがしら》をいやというほどの勢いで撃ち下ろす。

「うげぇ……」

背後から撃ちかかろうしていた賊の刀をはねあげ、

「伴蔵という男はどこだ」

と、鷹のような目で相手をにらんだ。相手はたじろぎ、後ろにさがった。そのとき脇から勢いよく斬撃を送り込んでくるものがいた。

伝次郎はさっと半身を引いて、素早く相手の刀をすりあげた。鍔《つば》迫《ぜ》り合《あ》いの恰好になり、相手をにらむ。ぶ厚い唇に、大きな目が目の前にあった。

「伴蔵とはおれがことよ」

と、ふてぶてしい面構えをしていう。

伝次郎ははね返そうとしたが、馬鹿力であった。

「むん」

奥歯を強く嚙んで、相手の膂力を利用して脇に引いた。刹那、伴蔵の体が泳いだ。素早く、肩口に刀をたたきつける。

「うわっ」

伴蔵の口から悲鳴が漏れ、血潮が散った。しかし、伴蔵は気丈にも座敷に逃げた。伝次郎は逃がしてはならじと追いかける。


そのころ、表に飛びだした栄吉は、ほうほうの体で逃げていたのだが、いきなり横合いから強い衝撃を受け、大地にひっくり返った。

「うわー、お助けを。お助けを」

ぶるぶるふるえて、命乞いをした。相手はすでに馬乗りになって、片手を振りあ

げていた。手には十手がにぎられていた。その十手が勢いよく振り下ろされようとしたが、

「や、てめえは大黒屋の手代……」

と、相手は驚いたように目をみはった。

「あ、これは玄五郎親分」

「くそ、賊だと思ったのに。さがっていやがれ」

玄五郎は栄吉を突き放すと、そのまま店の表口に駆けていった。

七

伝次郎は伴蔵を追いつめていた。

「きさま、川政の舟を盗み、良助という船頭を殺したな」

「へヘッ、なにをいいやがる」

「きさまの指図で行われたというのは大方見当がついている。この期に及んで白《しら》を切っても無駄だ。良助を殺したのはきさまだな」

「おれじゃねえ。おれはやってねえ」

「往生際の悪い外道だ」

「うるせえー！」

伴蔵は片手斬りに撃ち込んできた。しかし、それは伝次郎にはずいぶんのろく見えた。軽く身をひねってかわすと、刀を振りあげた。

「ぎゃあー」

伴蔵は悲鳴を発して、その場にうずくまった。直後、切断された伴蔵の手首が目の前に、ぼとりと落ちた。右肩を斬られ、左手首を切断された伴蔵は、その場でのたうちまわった。

「きさまを殺すわけにはいかねえんだ」

一言吐き捨てた伝次郎は、二階から下りてきた男に刀を突きつけた。男は、はっとその場に立ちすくんだ。おや、この男はと伝次郎は目をしかめた。

一度、扇橋の近くで見た男だった。この男に会った直後に、伝次郎は闇討ちをかけられたのを思いだした。そのとき、相手の視線が伝次郎の背後に動いた。

転瞬、殺気を感じた伝次郎は身を翻して、背後の男の刀を打ちあげた。相手は敏《びん》捷《しょう》に半間下がり、一文字の突きを見舞ってきた。

（こいつだ。この男が闇討ちをかけてきた男だ）

伝次郎はその剣筋を見てすぐにわかった。

「きさまだったか、おれに二度も闇討ちをかけてきたのは」

ジリッと足場をかためていうと、相手は眉をびくりと動かして、

「きさま、生きていたのか」

と、驚きの声を漏らした。

「串刺しにしたつもりだろうが、死んだのはおれを庇《かば》った年寄りだ。その年寄りはおれの恩人だった。きさまは許さぬ」

伝次郎が青眼に構えて間合いを詰めたとき、久蔵の声が聞こえた。片っ端から縄をかけろと喚《わめ》いていた。

賊は大方捕まえたようだ。周囲でそいつを縛れ、戸板をもってこいという声が錯《さく》綜《そう》していた。そのなかに、栄吉の悲痛な声があった。

「お光はどこだ、わたしの赤ん坊はどこにいる。教えろ、教えてくれ」

真夜中の捕り物騒ぎは、終息を迎えようとしていた。

伝次郎はそんなことを感じながら、油断のない相手と対峙《たいじ》していた。なかなか隙はないが、相手に余裕がないのは明らかだった。伝次郎の撃ち込みを警戒しながら逃げ場を探しているのだ。

「くそッ」

相手は吐き捨てるなり、牽制の突きを送ってきた。見越していた伝次郎は脇に払って、肩口を狙って刀を振ったが、ざくっと鴨居《かもい》にあたってしまった。

あっと思ったとき、相手が脛を狙って刀を横に薙《な》いだ。伝次郎は尻餅をついて背後の障子といっしょに倒れた。

「伝次郎、助太刀《すけだち》いたす」

久蔵が飛び込んできて、相手に迫ったが、久蔵の一撃は空を切っていた。その間に、相手は雨戸に体当たりをして表に飛びだした。

伝次郎は逃がしてはならないと追いかける。

「松田さん、あの男はおれにまかせてください。ここをお願いします」

伝次郎は久蔵に声をかけて表に飛びだした。

そのとき、栄吉が駆けよってくるのがわかった。

「栄吉、なにをしてる。おまえは手を出さなくていい」

賊を追いかけながらいうと、

「お光の居場所がわかりました。深川石島町裏にある永代新田に縛られているんです」

と、栄吉が声を返してくる。

「お光と子供を助けに行かなければなりません」

伝次郎は逃げる男を見ながら考えた。男は薬研堀のほうへ向かっている。自分の舟を置いているほうだ。

「よし、ついてこい」

伝次郎は男を追うのを半ばあきらめた。もうその姿は闇に溶け込もうとしていた。しかし、薬研堀についてすぐ、漕ぎだされる一艘の舟を見た。さっきの男だ。伝次郎は自分の舟に飛び乗ると、すぐさま舫綱をほどいた。

「乗るんだ」

栄吉が舟に乗り込むと、伝次郎は棹を使って舟を出した。最前の男は、難波橋をくぐり大川に出ようとしていた。

伝次郎はその舟をにらみながら棹を使って舟を操った。相手は舟に慣れていない。それは見てすぐにわかった。川を下ったとしても、すぐに追いつける。伝次郎の心に余裕ができた。それでも、棹をさばきつづける。

やがて、大川に出ると、逃げる舟の姿が下流に見えた。勢いをつけているが、伝次郎の舟はさらに勢いをつけて流れに乗っていた。

みるみるうちにその差が詰まってゆく。男が追ってくる伝次郎の舟に気づき、忙しく棹を動かした。方向を定められず、棹を投げ捨て、櫓を漕ぎはじめた。素人にはそっちのほうが舟を操りやすい。しかし、舟は思うように下ってはいない。

二町と下らぬうちに、相手は舟で逃げるのをあきらめたらしく、大川端《おおかわばた》に舟を寄せた。そのまま舟を乗り捨て、土手を這うように駆けあがる。

「栄吉、ここで待っていろ。すぐに戻る」

伝次郎も川端に舟を乗りつけて、土手道をあがった。息切れがするが、それは相手も同じだ。はあはあと荒い息をしながら、土手をあがったとき、すぐ目の前に男が立っていた。同じように肩を動かして息をしている。

「きさま、名は?」

と、男が聞いてくる。

「外道に名乗るほどの名はない」

「小癪《こしやく》な。おれは村田小平太。てめえを斬り損ねたまま逃げるわけにはいかねえ。ここで勝負だ」

さっと小平太が八相に構えた。

伝次郎は刀を右手一本で持ったまま間合いを詰めた。川風が乱れた鬢の後れ毛を揺らした。月明かりが土手道で対峙する二人を照らしている。

（こやつ、馬庭念流《まにわねんりゆう》であるか……）

伝次郎は小平太の構えに覚えがあった。昔戦った相手に同じ構えをする男がいた。「脱《ぬけ》」という技を繰りだすのだ。それは刀をあわせることなく、相手の内懐に入る恐ろしい剣であった。

風が地表の土埃を浚《さら》っていったとき、伝次郎は地を蹴って前に跳んだ。そのまま袈裟懸けに刀を振る。小平太はとっさに刃圏を離れて、青眼の構えを取り、すり足で近づいてきた。伝次郎も青眼で応じて、接近してくる小平太を待った。

（やはりそうである）

伝次郎は相手の動きを窺う。隙を見せずに自分の間合いを取ろうとしている。おそらく勝負はつぎの一刀で決まる。斬るか斬られるかのどちらかであるが、伝次郎はここにいたってすっかり肝が据わっていた。

一寸、また一寸と間合いが詰まる。額に浮かんでいた汗が頰をつたい顎から落ちた。

小平太の剣尖《けんせん》がすうっとのびてきた。と、思うや、その刀はさっと上に振りあげられ、つづいて伝次郎の眉間を狙って振り下ろされてきた。

伝次郎は逃げなかった。わずかに身をひねりながら、刀をすくいあげるように振りあげて、小平太の脇をすり抜けた。

ズバッと、肉を斬る鈍い音がした。闇夜に迸《ほとばし》り、弧を描く血の筋が月光に浮かんだ。伝次郎はよろけそうになった体を、足を踏ん張って持ちこたえ、背後を振り返った。

小平太もほぼ同時に振り返ったが、その首根からおびただしい血が噴き出ていた。

小平太の手から刀がこぼれて、地面に落ちた。小平太の目が宙を彷徨《さまよ》う。もう伝次郎を見る目ではなかった。

「うっ、あぅ……」

うめきとも悲鳴ともつかぬ声を漏らして、小平太は膝からくずおれ、どさりと地に伏した。

八

「お光、太助！」

栄吉の声が荒涼とした永代新田に広がる。

風が葦やすすきの藪を揺さぶっている。

「お光！　聞こえるなら返事をしろ！」

伝次郎も声をかけながら、あたりを見まわす。小半刻はそんなことを繰り返していた。

このあたりは埋立地で、田や畑はあるものの、土地が痩せているのでほとんど荒れ野といっていい。こんもりした丘や木立があり、藪が広がっている。

伝次郎は背後を振り返った。深川石島町のほうだ。

「栄吉、待て」

伝次郎は先を行く栄吉のところへ駆けた。

「賊はなんといったんだ。永代新田のどこだといわなかったのか？」

「永代新田のどこだと聞いても、わからないというんです」

手にさげた提灯の灯りを受ける栄吉は、荒い息をしている。

「永代新田といっても広いのだ」

「それはそうですが……」

栄吉は弱り切った顔をする。

「とにかく探すしかあるまい。だが、縛りつけたというなら、木に縛っているのではないか。そうだ木だ、木をめあてに探すんだ」

伝次郎はそういって、一方に見える雑木林に歩いていった。歩きながら、おそらく伴蔵の屋敷からそう遠くないところだと推量をはたらかせる。すると、自分たちは遠くに来すぎているのではないかと思った。

とにかく近くの雑木林を探したが、やはりそこにはいなかった。

「栄吉、引き返すんだ。もっと町屋に近いところだと思う」

なぜですと、栄吉が声を返してくる。伝次郎が自分の推量を話すと、そうかもしれませんねといって、いっしょに後戻りした。

「お光、太助。お光どこにいるんだ！」

栄吉は声をかぎりに呼びつづける。もうその声がかすれそうになっていた。伝次郎もあちこちに目を光らせながらお光の名を呼びつづけた。

やがて、小さな小川に出た。川の畔は細い畦道となっている。ちょろちょろと水の音がする。栄吉の持つ提灯の灯りが、その水面で揺れる。

「ちくしょう、どこにいるんだ」

栄吉が泣きそうな声を漏らして、

「お光ー！」

と、声をかぎりに叫んだ。声は闇の奥に広がり、やがて吸い取られるように消えていった。もう一度栄吉は叫んだ。伝次郎も声を張りあげる。

「聞こえた」

はたと栄吉が立ち止まって、伝次郎を振り返った。

「聞こえませんでしたか、いま……ほら」

伝次郎も女の声を聞いた。

「あんたー、あんたー」

くぐもった声であるが、たしかに声が聞こえた。

「お光か！」

栄吉が声を返した。

「ここよ。ここです。助けてー」

二人はまわりを見まわした。先のほうに小さな稲荷社が黒い影となっている。

「あそこだ」

伝次郎がいうより早く栄吉が勢いよく走った。「お光、お光」と呼びかけるたびに、「あんた、あんた」と声が返ってくる。そして、その声は次第にはっきり聞こえるようになり、稲荷社のなかだとわかった。

伝次郎と栄吉は小さな稲荷社の板階段を駆け上って、扉を開けた。

お光が柱に縛られていた。その胸に抱かれている太助が、おぎゃあおぎゃあと泣きはじめた。

「お光……」

栄吉が駆けよって、お光の縛《いまし》めをほどいた。

「あんた、怖かったよ。怖くて、怖くて……」

お光は安堵したのか、くしゃくしゃにした顔を栄吉の胸にうずめた。栄吉がその背中をそっと抱き、泣き叫ぶ太助を抱きあげた。

「もう大丈夫だ。もう大丈夫だよ」

栄吉が赤ん坊をあやしながら、お光を励ますようにいう。伝次郎はホッと安堵の吐息をついた。

「よかったな。無事で……」

伝次郎の声に栄吉がゆっくり振り返った。

「ありがとうございます。ありがとうございます。なにもかも沢村さまのおかげです」

栄吉が深々と頭をさげた。

「礼などいらぬ。さあ、送って行こう」

伝次郎は太助を抱く栄吉とお光をうながした。

表はいまだ深い闇だった。遠くの町屋も黒々としている。だが、その町屋を抱く闇もいずれ薄れ、明るい光に満たされる。

伝次郎は太助を抱いてお光と寄り添うように歩く栄吉を見ながら、心底胸をなで下ろしていた。


桜が咲いたと聞いたのは、一連の騒動から五日ほどたった朝だった。

伝次郎はいつものように高橋そばの船着場に足を運んだ。川政の連中が声をかけてくる。やはり、桜が咲いたという。

「早めに仕事を切りあげて花見酒でもやりてえなあ」

仁三郎が自分の舟に乗っていう。それは伴蔵らに盗まれていた舟だった。盗まれた舟はすべて取り戻すことができたが、一艘だけは船頭をなくしていた。賊の凶《きょう》刃《じん》に倒れた良助である。しかし、その舟にも新しい船頭が乗ることになっている。

「どうだい伝次郎、今夜あたり桜の枝を手折《たお》ってきて一杯と洒落こまねえか」

仁三郎が盃をあおる仕草をした。

「たまには付き合うか」

「へへ、そうこなくっちゃ。それじゃまたあとで……」

仁三郎はそういって舟を出した。

若い良助を失いはしたが、川政にはいつもと変わらぬ和やかな空気が戻っていた。

伝次郎は雪駄を脱ぐと、足半に履き替え、舟に乗り込んだ。小名木川の水面に青い空に浮かぶ白い雲が映っている。

いつものように菰で包んだ刀を艪床に置いて、舟底にたまった淦をすくいだす作業にかかった。その量は多くなく、作業はすぐにすんだ。声をかけられたのは、舟のなかに入れていた棹をつかんだときだった。

「乗せてもらおうか」

ふいと雁木を見あげると、酒井彦九郎が立っていた。石段を下りてきて、

「いいだろう」

という。

「……どうぞ」

舟が揺れないように、伝次郎が舟縁を押さえると、乗り込んできた彦九郎が背を向けて腰をおろした。

「世話になった。おぬしのおかげで、一件落着だ。捕縛したやつらがようやく白状

してくれてな」

「それはよかったです。どこへやります？」

「柳橋まで行ってくれ」

伝次郎は菅笠を被って、棹で岸を押した。舟はすうっと、川中に滑るように進んだ。

「鶴屋の妾宅を襲ったのもやつらの仕業だとわかった。上総屋の手代もやつらに脅されて、手を貸したにすぎなかった」

「頭目は伴蔵という男でしたか……」

「そうだ。なにもかもやつが企てたことだ。おぬしに斬られて、ひどい傷を負っているが、辛くも生き延びている。もっともその命も長くはねえが……」

「小賢しい悪党です」

「まったくだ」

舟は万年橋をくぐって、大川に出た。

春の日射しを受けた川はきらきらと光り輝いている。下ってくる高瀬舟を避けるように、川辺に集っていた鳥たちが一斉に飛び立った。

「ひとつ伝えることがある」

伝次郎はそういう彦九郎の背中を眺め、なんでしょうと聞いた。

「津久間戒蔵が江戸のそばにいる。川崎宿で似た男を見たという話があった」

伝次郎は一瞬、棹をさばく手を止めた。

「浅倉《あさくら》さんの使っている手先が見かけたそうなんだが、はっきりたしかめることはできなかったそうだ」

浅倉とは隠密廻り同心である。定町廻り同心とちがい、罪人捕縛のためには江戸府内から出ることの許される役目だった。

「川崎ですか……」

「ひょっとすると江戸に戻ってくるかもしれねえ。品川にいる手先には目を配るように指図してある。なにかわかったらすぐに伝える」

「お願いいたします」

伝次郎は棹を川底に突き立てた。

川崎に行ってみようかと、ちらりと頭の隅で考える。

「伝次郎」

「へえ」

伝次郎は船頭になりきって返事をする。

「いい陽気になったな」

「そうですね」

彦九郎がなにかいいかけた。だが、喉元で言葉を呑み込んだのがわかった。伝次郎にはなにをいいたかったのか、薄々わかったが、彦九郎はどうせ色よい返事はもらえないと悟ったのだろう。

「桜が咲きはじめたらしい」

「いい季節になりました」

返事をした伝次郎は、棹から櫓にかえた。

ぎぃ、ぎぃと軋む櫓の音が心地よかった。

伝次郎の漕ぐ猪牙舟は、ゆっくり川を遡りつづけた。

光文社文庫

文庫書下ろし／長編時代小説

剣《けん》客《きゃく》船《せん》頭《どう》

著　者　稲《いな》葉《ば》　稔《みのる》

2011年5月20日　初版1刷発行

発行者　駒　井　　稔
印　刷　萩　原　印　刷
製　本　ナショナル製本

発行所　株式会社　光　文　社
〒112-8011　東京都文京区音羽1-16-6
電話（03）5395-8149　編　集　部
　　　　　　8113　書籍販売部
　　　　　　8125　業　務　部

落丁本・乱丁本は業務部にご連絡くだされば、お取替えいたします。
ISBN978-4-334-74949-1　Printed in Japan

組版　萩原印刷

お願い　光文社文庫をお読みになって、いかがでございましたか。「読後の感想」を編集部あてに、ぜひお送りください。

　このほか光文社文庫では、どんな本をお読みになりましたか。これから、どういう本をご希望ですか。

　どの本も、誤植がないようつとめていますが、もしお気づきの点がございましたら、お教えください。ご職業、ご年齢などもお書きそえいただければ幸いです。当社の規定により本来の目的以外に使用せず、大切に扱わせていただきます。

光文社文庫編集部

お助け侍・数之進の千両智恵が冴え渡る!

六道 慧

時代人情小説に新風を吹き込む
大好評「御算用日記」シリーズ

文庫書下ろし

青嵐《あおあらし》吹く
天地に愧《は》じず
まことの花
流星のごとく
春風《はるかぜ》を斬る

月を流さず
一鳳《いちほう》を得《う》る
径《こみち》に由《よ》らず
星星《せいせい》の火
護国の剣

駑馬十駕《どばじゅうが》
甚《じん》を去る
石に匪《あら》ず

光文社文庫